联 合 出 品

深深欢喜的小时光

赵深深 著

陕西新华出版传媒集团
三 秦 出 版 社

图书在版编目（CIP）数据

深深欢喜的小时光 / 赵深深著. -- 西安 : 三秦出版社, 2019.6
ISBN 978-7-5518-1959-6

Ⅰ. ①深… Ⅱ. ①赵… Ⅲ. ①长篇小说—中国—当代
Ⅳ. ①I247.5

中国版本图书馆 CIP 数据核字（2019）第 126060 号

深深欢喜的小时光

赵深深 著

出版统筹 邹立勋
出　　品 夏七夕工作室
总 监 制 夏七夕
责任编辑 韩　星
特约编辑 龚　雯
责任校对 赵　炜　郭少华
封面设计 设计装帧粉粉猫
版式设计 杨思慧
封面绘制 官　官

出版发行 陕西新华出版传媒集团　三秦出版社
社　　址 西安市雁塔区曲江新区登高路 1388 号
电　　话 （029）81205236
邮政编码 710061
印　　刷 湖南新华精品印务有限公司
开　　本 880mm×1230mm　1/32
印　　张 10
字　　数 118 千字
版　　次 2019 年 6 月第 1 版
2019 年 8 月第 1 次印刷
标准书号 ISBN 978-7-5518-1959-6
定　　价 39.80 元

网　　址 http://www.sqcbs.cn

深·Z

“我都做好入赘你家的最坏打算了啊，老婆大人，你以后可得对我好点啊！”

“嗯，一定对你好！”

“那你教她一下，我去休息区坐一会儿。”

Z先生笑得眉开眼笑的，轻轻松松就把我的手抓过去握在手里，反手十指完完全全地扣在一起，拉着我朝前面猛冲。

他说：“牵稳了，不然别人不知道我是你男朋友。”

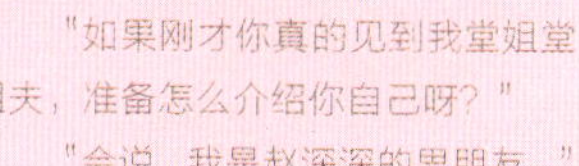

"如果刚才你真的见到我堂姐堂姐夫，准备怎么介绍你自己呀？"

"会说，我是赵深深的男朋友。"

"我发现我除了爱你，什么事都做不好。"

"我也爱你，再加一个副词，特别。"

“我的眼睛漂不漂亮？”

“当然漂亮。毕竟你的眼睛里有我。”

大概每个女孩在少女时代都有过一个未完成的白日梦，想要跟喜欢打篮球穿白衬衫的男孩子谈一场轰轰烈烈的恋爱，这个他会在早晨六点半骑着自行车来我家接我上学，会给我买早餐督促我多喝牛奶，也会在体育课体能测试时，偷偷来检查我的鞋子是否合脚，检查鞋子的过程中，系鞋带这个动作是必须有的，一低头就可以看到喜欢的人的黑色短发，这是少女梦里最幸福的事。

"你说我们下辈子还能在一起吗？"

"你怎么知道你上辈子没有这么问过我呢？"

"不过从这个冬天开始，你的手不会冷了。"

"所以，你是想告诉我，你准备当我的取暖炉子，任由我蹂躏？"

"不啊，"他特别气定神闲，"我都答应跟你在一起了，肯定你每天一想到我，心里就都是暖烘烘的，然后就浑身发热。"

目录

如果故事要有一个开端的话，我也不知该从何说起。

从暗恋，到女追男，最后到异地恋，恋情中最不被人看好的障碍，我都遇到了。其间无数人劝我放弃，我也无数次产生过放弃的念头，但我最终还是坚持了自己的固执。

Chapter 1

给你我的手，
未来一起走

深深欢喜的小时光

01

刚认识 Z 先生的时候，觉得这个人举手投足都很有教养，像个大哥哥一样很会照顾人，特别招人喜欢。

后来发现，一切都是假象，所谓“人前温良君子，人后腹黑耍坏”，说的就是他了。

Z 先生的好哥们儿七年爱情长跑突然终结，前空姐小嫂子跟有钱男人跑了，失恋又失意的毅哥打 call 叫我们陪他喝酒。

在九眼桥的小酒馆里，毅哥一个人干下半瓶茅台外加若干啤酒，一米八的汉子哭得像个找不到回家路的小孩。

半夜，送完烂醉如泥的毅哥回家，Z 先生又开车送我回家。我坐在副驾驶座上开始胡思乱想，突然转头对 Z 先生说：“自从在一起以后，你就再也没夸过我了，老是说我这里不好，那里做得不对。”

Z 先生目不斜视：“我夸你呀，赵深深同学，你傻得真可爱。”

我：“……”

过了一会儿，我不信邪地继续追问：“如果有一天我也爱上别人把你甩了跑了呢？”

“那是不可能的。”

“这世上没有什么是不可能的。毕竟我眼瞎这么多年，万一哪天重见光明，满大街的男人哪一个不比你好？”

Z先生侧过头瞅我一眼，笑得意味深长：“《危情十日》看过吧？”

“嗯，看过。”

“如果你敢跑，我就像电影里的女主角对付男主角那样，把你抓回来打断你的狗腿，再用轮椅推着你去民政局扯证。毕竟这么多年了，我也没嫌弃过残疾人，你说是不是？”

我把脸埋在手包后面，心想，这日子果然是没法过了！

› 02 ‹

跟Z先生刚谈恋爱那会儿，经常去深圳见他。

那时，他单位有两个同事跟他玩得很不错，跟我也认识，大家经常凑在一起吃饭和出去玩。有一回我们四个人一起去澳门，搞什么活动要注册会员，我身份证忘了随身携带，而我又对数字一向不敏感，

在填资料时，身份证号中间三位数的顺序记得模棱两可的。

Z 先生填好他的那份资料，探过头来看我一眼。

“倒数第五位数是 4，倒数第四位数是 9，倒数第三位数是 2。”

“哦，哦。”我赶紧改。

Z 先生的同事大白一脸诧异：“你连猴子妹妹的身份证号都记得？”

“嗯，有一回订酒店时刻意看了一眼，然后就记住了。”

大白用鼻子哼出声：“知道你的记忆力好，要不要这么秀！”

Z 先生转过头来看他一眼，露出一副人畜无害的微笑：“是啊，但你们这些没有女朋友的人就不用操这份心了。”

大白的眼珠子差点没瞪出来。

03

我一到冬天就手脚冰冷，跟 Z 先生在一起的第一个冬天，他一牵我的手就说像握着块冰。

“不过从这个冬天开始，你的手不会冷了。”他顺手把我的手放到他的衣兜里。

“所以，你是想告诉我，你准备当我的取暖炉子，任由我蹂躏？”我心里美滋滋的。

“不啊，”他特别气定神闲，“我都答应跟你在一起了，肯定你每天一想到我，心里就都是暖烘烘的，然后就浑身发热。”

我假装生气地瞪他：“你能不能要点脸！”

Z先生一脸正经：“我这个倒贴货是没有资格要脸的！”

04

跟Z先生在一起，总是会发生一些奇奇怪怪的事，莫名戳中萌点。

有一次我们重温《古惑仔》，看着邱淑贞走出来，我随口对他说了一句：“做大哥的女人好拉风啊！你看这些人，谁见了她不得恭恭敬敬地喊一声‘阿嫂’。”

第一次跟他回武汉的时候，他以前的同学们约吃饭，我们到得比较晚。刚一进雅间，十几个男人齐刷刷地站起来，朝着我的这个方向喊了一声：“大嫂好！”

我整个人都抖了一下，还以为走错了地方，Z 先生扶着我的肩把我推进去。

后来我才知道，这十几个人虽然不是 Z 先生同一时期的同学，但感情一直都很好，少年时期经常约在一起打球，成立球队，参加篮球比赛。

这么多年过去，球队早解散了，但他们依然是能两肋插刀的死党。

于是过来前 Z 先生就跟他们说了："我老婆有个奇怪的嗜好，希望大家帮个忙。"

事后我问 Z 先生："你脑子里都在想些什么啊？"

Z 先生歪着头，用一种漫不经心的神情看着我："你不是羡慕吗？让你感受一下做大哥的女人是什么样的感觉。"

05

我们周围的朋友都知道，我是一个醋精，以前因为爱吃醋，没少闹笑话。当然，这个毛病后来慢慢被他治得几乎没再发作过。

然而某天夜里，我一时心血来潮，新申请了一个微信号，偷偷摸摸地加了Z先生，并说是他大学时期的学妹，有些问题想要咨询他。那会儿Z先生在隔壁游戏室打游戏，没有多问，直接就通过了申请。

我开始费尽心思地与他套近乎，而Z先生估计沉溺于游戏之中无法自拔，回复得挺敷衍的。还没搭上两句，Z先生就从我漏洞百出的谎言中察觉出破绽，一言不发地把我拉黑了。无数次重新提起好友申请，Z先生才重新通过。

“师兄，其实我不是物理科学与技术学院的，我是文学院的。”

“啊？”

“我刚进大学那年你都上大三了，好几次你在篮球场上打篮球，我还给你送过水。我姓高，可能你都不记得我了，但我还一直记得你。”

这时，Z先生突然回得就很快了：“哦，我好像记得你，你是不是在元旦晚会上跳过民族舞？我记得你好像不姓高。”

收到这条消息时，我的手明显抖了一下，看来真是不试不知道，一试吓一跳。

“你可能记错了，我的确是姓高。”我吹牛皮不打草稿，继续道，“其实……我想告诉你，我一直喜欢你，这些年我一直都在打听你的消息。”

我握着手机，一直看着“正在输入……”几个字在屏幕上跳。不知等了多久，终于，对话框里跳出一条新的消息，其实连一分钟都没过去。

“不好意思，喜欢我也没用，我有女朋友了。”

06

我心里一下子就乐开了花，小心翼翼地憋着笑，想了想，又继续打字：“哦，对不起，打扰了。”

隔了一会儿，我又贼心不死地问：“我可以知道小嫂子叫什么名字吗？”

“姓赵。”

“噢噢噢，祝你们幸福。”我面带心满意足的微笑，默默地放下了手机。

不知道是不是那通告白影响了Z先生打游戏的心情，很快，隔壁就传来房门被关上的声音。脚步声渐近，Z先生推开门走了进来。

我闭上眼睛开始装睡，然后又装刚刚睡醒，问他几点了。

也不知道到底是哪里露出了破绽，Z先生在床边转了两圈，拿起手机飞快地打了几个字。下一秒，我的手机振动了一下，屏幕亮了，闪出一条消息——

“学妹，好久不见！”

然后，我与Z先生大眼对小眼……就这么轻易地……暴露了……

后来连着好几天，这人在家里都只叫我高深深学妹，弄得我坐立不安。我忍不住问他是怎么发现我是假冒的学妹的。

“因为在高学妹你追问小嫂子叫什么的时候，我突然觉得这个学妹真是太多事了。”

“然后呢？”

“然后我把聊天记录往上一翻，惊奇地发现，高学妹说话的风格，啧……”

他“啧”了一下就没下文了，留给我无限的想象空间。

“就这样？”

“就这样。”

我嘴角忍不住抽了一下……真是……智高一筹压死人！

“还有别的问题吗，高学妹？”他伸出手摸了摸我的头。

我想了想，特别认真地问他：“那么，等师兄你和赵小嫂子分了手，下一个结婚对象首先考虑高深深学妹怎么样？”

这人瞪我一眼：“我和你赵小嫂子会不会分，你心里还没点儿数吗？”

› 07 ‹

很多时候我都觉得 Z 先生像一个傲娇的小公主，比我还公主。

有一次我去做头发，发型师 TONY 老师夸我的眼睛好看。

我做完头发回去以后把新发型亮给 Z 先生看，顺带喜滋滋地指着自己的眼睛问 Z 先生：“我的眼睛漂不漂亮？”

这人冲我笑了一下：“当然漂亮。”

我心里正乐。

这人又立刻补刀：“毕竟你的眼睛里有我。”

我微微一笑："那得谢谢你哦，谢谢你装点了我的眼睛，让它光彩照人。"

他笑眯眯地看着我："不用谢，白送给你也是应该的！"

08

我表哥苏堤在荷兰念完博士后，就一直在那边工作。

Z 先生比苏堤小一些，值得一提的是，Z 先生跟苏堤本科念的是同一个专业。

苏堤是个心气极高，涉猎广泛，爱好奇怪的人，Z 先生在苏堤面前，那点傲娇简直不值一提。

大概是因为同行相轻，苏堤特别喜欢跟 Z 先生抬杠，每次跟 Z 先生见面都拉着 Z 先生口若悬河，一定要拿出一个问题争出个子丑寅卯来。而平时在我面前狂妄自大的 Z 先生，在外人面前竟格外谦逊内敛。

他们争论的时候，我就坐在一旁保持着小仙女的微笑，因为我一个字也听不懂。

有一回，我终于听懂他们在聊什么了。苏堤问 Z 先生最喜欢哪个

物理学家，然后苏堤先说自己最喜欢特斯拉。

Z 先生半天没吭声，面对苏堤孜孜不倦的追问，后来才说：“我喜欢洛必达。”

苏堤爆笑。

我来回看着两个人，有些不明所以。

苏堤跟我解释：“学了高数就知道，什么牛顿 - 莱布尼兹……计算公式之复杂统统是反人性的存在，只有洛必达是个好人。”

“为什么？”

“因为洛必达提出了高数里一个非常有用的化简定律，大大简化了数学的运算过程，”Z 先生不紧不慢地说，“让我等学渣对他感恩戴德……”

09

Z 先生这人常常毫无征兆地戏精附体，沉迷演戏，无法自拔。

某年，跟我一起长大的好友烁烁投资的一家日式料理自助餐厅新开张，送了我和 Z 先生试吃券。秉承着进自助餐厅一定要“扶着墙进去扶着墙出来”的原则，我把肚子撑得几乎再也塞不下任何东西，才依依不舍地从餐桌凳子上爬下来。

回去后，我坐着难受，躺着更难受，于是拉着他去散步消食。

我们绕着喷泉走了一圈又一圈，突然，这人指着我的肚子提高声调：“哎呀，是不是有小宝宝啦？肚子这么大，应该是有三个月了吧？”

附近花园的长椅上，许多宝妈和抱孙子孙女的老年人正在交流育儿心得，而Z先生的一句话，把所有人的注意力全引了过来。

我惊得后退两步，小声说：“你的脑袋坏掉了吗？”

Z先生压根儿不理我，蹲下来双手捧着我的腰，又把耳朵贴在我的肚子上，装得有模有样：“哎呀，这孩子刚才踢我了，腿这么有力，一看就像我。来来，赶紧再踢爸爸两下！”

我给了他一个“你非得作死我也没有办法”的眼神，也准备放大招。我调整了一下情绪，立马一惊一乍：“哎呀，真是不好意思哦，这孩子的爸爸不是你，刚才他踢你的意思是说，怪叔叔我跟你一点都不熟，赶紧从哪儿来回哪儿去！”

我刚说完，感觉到旁人炽热的目光齐刷刷地落到我的背上，并且充满了嫌弃。

本想着这下他该无话可说时，这人几乎不假思索地又道：“要想

生活多点趣,就得头上添点绿。爸爸是谁无所谓,只要妈妈是你就行了。”

我轻轻回头瞄了一眼旁人，旁人看 Z 先生的眼神一瞬间全变成了同情!

我演不下去了，冲 Z 先生翻了个白眼：“信不信你这样的戏精我一天能打死七八十个！”

10

如果故事要有一个开端的话，我也不知该从何说起。

从暗恋，到女追男，最后到异地恋，恋情中最不被人看好的障碍，我都遇到了。其间无数人劝我放弃，我也无数次产生过放弃的念头，但我最终还是坚持了自己的固执。

跟自己爱的人在一起是什么样的感觉?

他带给你的不仅仅是喜欢和爱的感动，更重要的是，他让你对每一天都充满期待。他是你任何失意时候的心灵寄托，是你不管遇到什么困难，总是能让你重新燃起勇气的动力。

所以我是这样喜欢他，喜欢他带给我这种前所未有的感觉。

这是很单纯的喜欢，也是很认真很认真的喜欢，为了对得起这份喜欢，我什么样的改变都愿意去尝试。我想让自己变成更好的人，我想让他看到喜欢他的这个人其实没有那么糟糕。当然，为了靠他更近一点，我还可以更努力一点。

即便最终与他失之交臂，在向他靠近时所遭受的痛苦与磨难也都是值得的。

如果说，这世上最大的幸运是，当你拥抱着你深爱的人时，发现他也紧紧拥抱着你，那么，我或许也是得到这种幸运的人中的其中一个。

生活中的爱情常常不会如童话一般美好，但我相信童话是存在的。以前是，现在是，未来也是。上帝和佛祖从来都没有怠工，最慷慨的礼物，会奖励给坚持不懈且乐观的人。

真心付出，会有回报，你要相信它，它就会是真的。

临别时，我们彼此像文明客气的成年人，我小声又无措地问他："我还能再见到你吗？"

Z 先生笑得很不走心："我出差的时候可以过去看你，作为朋友。"

三言两语说完再见，我们一个转身朝检票口走，另一个掉头去停车场。

我还是忍不住回了头，入目的风景不过是人海漫漫，拥挤得让人恐慌。可我却在那一瞬间明白，什么叫一转身就搞丢了一个人。

2
Chapter
你本无意穿堂风，
偏偏孤据引山洪

› 01 ‹

我有一个从小一起长大的发小叫烁烁，大二那年暑假，烁烁父母的单位组织旅游，虽然只是员工福利，但员工家属可以自掏腰包加入，烁烁便叫我跟她一块儿去旅游。

他是烁烁父母单位的新进才俊，那时，所有人都叫他 Z 先生。

› 02 ‹

Z 先生的模样长得白白净净，蛮顺眼顺心的。可他眉骨生得高，眼睛虽然不小，却是弧长形状的单眼皮，眼角略耷拉。低头的时候有点小狗眼的感觉，不说话的时候，神情又带着些“生人勿近”的冷。

旅游一开始，我跟 Z 先生几乎没什么接触。Z 先生挺不爱热闹的，话也少，总是自己戴着耳机独来独往，很少跟大家在一起吹牛皮、玩游戏。当时的我又是个很爱热闹的人，常跟在有趣的人屁股后面跑。

Z 先生的不合群与特别，让我始终有点耿耿于怀。

记得当时我还跟烁烁说："你看那个人，我觉得好高冷啊！大家一起出来玩还要端架子？"

烁烁强烈附议："就是！"

但后来相处多一些时间，就发现是我和烁烁误会他了，Z 先生其实是个面冷心热的人。

每次导游讲解时，他都会听得很认真，或者拿着景点分发的小册子研究得很仔细。有时候导游口音重，语速快，我和烁烁什么都没听明白，等到欣赏那些古董文物木乃伊时，就是一头雾水。

Z 先生会耐心地把他理解的东西慢慢地讲一遍给我们听。

他讲得比导游好，细致又便于理解。原本心里给 Z 先生打得极低的印象分，因为这个缘故，不受控制地"噌噌噌"地往上涨。

03

一开始，跟旅游团里的人还没混得很熟，通常是我跟烁烁单独行动，烁烁还是习惯人前人后叫我“郑太太”。

团队里有个大不了我和烁烁几岁的小姐姐，人很开朗，因为志趣相投，我们很快就熟了，我们习惯叫她甜甜姐姐。

有一回，甜甜姐姐听到烁烁叫我郑太太，笑得花枝乱颤：“你这么早就结婚了，让我们这些大龄女青年可怎么办啊！”

我连忙解释：“不是的，她就是叫着玩的，我连男朋友都没有。”

烁烁立刻补刀：“但是她从小立志，非郑姓青年才俊不嫁。”

这个外号的起因，不过是因为中二时期我哈韩，喜欢某四个字组合里的某个队长。跟我交好的朋友都知道我曾爱他如生命，所以一直叫我“郑太太”。当时不过毫不走心地随口一说，后来一想，觉得自己真是傻透了。

› 04 ‹

其实第一次跟 Z 先生讲话，是在旅游的第三天。

那时候，一起旅游的一车陌生人渐渐熟悉，只有 Z 先生跟我和烁烁还不熟。抵达下一个景区还要坐三个小时的车，大家无聊便在车上玩《三国杀》。Z 先生的同事玩累了，把戴着耳机靠着车窗睡觉的 Z 先生摇醒，让他替补。

Z 先生加入进来以后，其他人拉着他先给我们做一个自我介绍。

一直记得 Z 先生当时的样子，他穿一件很浅很浅的蓝色 T 恤衫，外面是一件 Abercrombie & Fitch 的蓝白灰格子棉衬衫，领下有两颗白色的扣子，扣得工工整整。他下身穿深蓝色牛仔裤和白色匡威，整个人看着干干净净，手长脚长的。

握手是我先伸出手的。

Z 先生在握手以前，朝我和烁烁别有深意地看了一眼，然后低头促狭地一笑。我记忆里一直有他低下头坏笑的这个表情，尽管这个人后来死不承认。

接着，Z 先生拉住我伸出来的手轻轻摇了一下，说了一句话：“我

姓郑，周吴郑王的郑，你们以后跟他们一起叫我Z先生就行了。”

他的话音刚落，从他嘴边脱口而出的这句话化为一道惊雷，此时此刻再多的为什么都填补不了我脸上的尴尬。从概率上来说，他没听到烁烁叫我“郑太太”的可能性很低，除非他是个聋子。

那时我的脸皮很薄，后来的整个游戏里我都是低眉顺眼的。

› 05 ‹

有一回在一个景点排队的时候，几个某国人插队，我和烁烁就指责他们不应该插队。某国人狂妄自大只当没听见，插队不说，还轻嘲了一句“chinky”。当时我们都快气死了，只是气也没用，我和烁烁的英文也就小学生的水准，面对嚣张的某国人，完全是鸡同鸭讲地瞎嚷嚷。

排在前面的Z先生听到动静，转过头来，冷着脸用流利的英文毫不客气地怼回去。当时Z先生的语速很快，我只听懂一句“hell”和“fuck”，某国人的脸上渐起怒色。而Z先生大步走开，把景点管理员给请了过来，并向他说明了情况。他态度强硬地要求某国人回到自

己的位置并向我们道歉。

由于在场的中国人众多，Z 先生取得了压倒性的支持，某国人讪讪地说了句“sorry”，然后灰溜溜地走了。

我和烁烁还有其他人像看英雄似的为 Z 先生鼓掌，手都拍痛了。而 Z 先生就笑了一下，说了声“谢谢”，就又回到队伍里重新排队。

烁烁踮起脚跟我咬耳朵：“我突然发觉 Z 先生的单眼皮还单得蛮性感的。”我十分赞同地点了点头。

自那天以后，每次看到 Z 先生，我总觉得他身上自带英雄的光环，闪闪发亮。

› 06 ‹

对 Z 先生真正产生好感，是在旅游的最后一天晚上。那天晚上，我跟烁烁都不想早睡，却又找不到什么打发时间的事做，然后我们决定买几瓶啤酒回来助助兴。可烁烁突然想上厕所，所以就打发我一个人去买。

我下楼的时候已经十点多了，恰好看到 Z 先生站在酒店门口的垃

圾桶旁边抽烟，一身简单衣裤，黑色T恤、及膝的藏蓝色短裤。

我走到正门时，Z先生刚好抽完烟转身，看到我，他问我："要出去？"

"很奇怪，在前台没有找到啤酒，我准备去前面的小商店买。"我告诉他。

"一个人？你朋友呢？"

"她在楼上等我。"

我跟他说了"再见"，刚屁颠屁颠地跑出大门，Z先生不知什么时候追了上来。

"烟抽完了，我去买包烟。"

在那大约五分钟的时间里，我们都没怎么说话，只是浅浅地问了几句像是天气或者年纪之类的话。

一路黑灯瞎火，偶尔有一两个高壮的异乡人与我迎面而过，谈不上友善的目光从我身上扫过。路走了一半，我才发觉，幸好有Z先生同路，否则独自走完这条路实在需要勇气。

后来我们在小商店买到各自需要的东西，Z先生指着抱着一提罐装啤酒的我说一起结账。他拿钱包时，裤袋里大半包没抽完的烟在裤袋边沿冒了个尖，我一眼就盯牢了。

Z先生侧过头，看到我傻愣着的模样，又顺着我的目光看到了自己裤袋里的烟。

他挺平静地把裤袋里的烟又往里面按了按，什么都没有解释。

从商店出去以后，我心里有些纠结这个小小的问题，Z先生突然说：“这边的治安其实不是很好，烟买多了可以慢慢抽。”

我眨了眨眼睛，看了他两眼，难道他是想陪我一起才找的借口来买烟？这人的性格也太好了吧？我想说些什么，突然又咬住了嘴唇——嘴笨的毛病又犯了，竟然不知该如何道谢。

Z先生只是淡淡地笑了一下，也没有说什么。

› 07 ‹

旅游很快就结束了，大家各自回归原有的生活。我回了重庆，Z先生以及其他同事则回了成都。

不过一起旅游的那群人并没有因此失去联络，大家建了一个群，叫“埃及绝恋”。所有人都在里面，甜甜姐姐是群主。

大三开学后不久，就到了国庆节。

我大学时最好的闺蜜谈了一个在成都工作的男朋友，然后约我一起去成都玩几天。当群里的人得知我国庆节要去成都时，纷纷反应强烈，说一定要一起吃个饭。

于是到了吃饭那天，我又见到了Z先生。

看到Z先生我心里挺高兴的，但这个时候的Z先生对我而言依然是个有点熟悉、有点好感的普通朋友。Z先生跟我打招呼的时候，我就笑了一下，说“你好”。

一回到座位上，我就开始计较，自己这个招呼打得是不是太随意了？

那天吃饭，群里的人并没有到齐，但东拼西凑凑了一桌，也还算热闹。来赴约的人开了一瓶红酒，Z先生因为开了车没喝酒，也没怎么吃东西，一直在喝柠檬水。

后来认识久了，我发现这个男人东西总是吃得不多，简直是要升仙了。每次跟他在一起，我总是要为自己旺盛的食欲羞耻一秒。

› 08 ‹

吃过饭以后，唯一开了车的 Z 先生送我去同学的学校。

之前就约好了和一个同学见面，晚上留在她的宿舍休息，接下来的三天正好方便大家一起玩。

可在 Z 先生送我去 C 大的中途，那个本来说好留我住宿的同学突然失联了，电话怎么打都打不通。

但这个突发情况我并没有向 Z 先生如实相告。

Z 先生把我送到 C 大东校门后就开车走了，而我在学校附近找到一家看起来不算糟糕的酒店开了一间房。本来想着要不要去找那个跟我一起来的大学闺蜜，但一开始我提出去另一个同学那里住，就是因为不好意思继续打扰她和男朋友的二人世界，于是只能打消了那个念头。

进到酒店房间以后，我坐了好几分钟才安抚下心里的恐惧，同时努力把糟糕的情绪调节到平衡状态，然后起身把门反锁了，再把所有的灯都打开，又去卫生间胡乱冲了个澡。

出来以后，我拿出充电器正准备给手机充电，手机就在手心振动

起来。我低头看了一眼屏幕，霎时呼吸一滞。

是Z先生。

电话响了很久，我也犹豫了很久。等我接起来的时候，Z先生已经挂断了。我松了口气，我很高兴他能打电话过来，却又不知该和他说些什么。

大概隔了二十分钟，Z先生再次打了一个电话过来，这一次，我接了。

“你到家了啊？”

“嗯，刚到单位宿舍，回来有一会儿了，刚才给你打电话，你没接，你已经跟同学回寝室了吗？十一点半了还没睡？”

我沉默了一下：“我其实……在酒店里。”

他没说话。

“那你早点休息。”我说。

“你一个人？”他问。

“嗯，是啊！”

“你不是说你住同学那里吗？”他的语气有点严厉。

“嗯，她没有接电话，也没有回消息，突然就失联了。”

电话那边又没回音了。漫长的等待过后，Z先生终于回了我一句：

“你说你是不是傻啊！”

我握着手机，本来是很凄凉的一种状态，我竟真的傻笑起来。

他的语气软了一点：“还笑，有什么好笑的！一个女生独自在外很危险的，你怎么知道你隔壁住的是什么人，会不会半夜爬过墙来找你聊天谈心？”

我被他唬得一愣一愣的，然后脑子一空：“其实，我真的很怕，我从来没有一个人在外面住过。”

Z 先生沉默了一下，然后问要不要接我去他们那边，跟甜甜姐姐一起住。

我当时完全没想到事情还能这么操作，就像眼前突然多了一条康庄大道。我在心里狂叫，终于不用一个人担惊受怕睡酒店了，而是可以去一个安全的地方睡一个安稳觉，所以想也没想，立马就答应下来。

Z 先生叫我收拾好东西等他半小时。

深夜，我在酒店大堂等到 Z 先生在夜色中出现。他这个人也好，他的车也罢，在我眼里瞬间变得高大伟岸，心里某个偏僻的角落开始隐隐作痛，一种欢愉怦然如海绵吸了水般迅速膨胀。

我突然意识到，我对这个人好像不仅仅是好感了。

这种感觉来得猝然又奇怪，但是我好像一点都不惊讶。也许是因

为他仗义帮了我好几次，我一直对他充满了崇拜与敬佩；也许是因为他睿智，有教养，又风趣，他的这些特殊标签对我有着致命的吸引力。更也许只是冥冥中有一种力量指引着我，告诉我这个人在我的人生中将承担起与众不同的角色。

› 09 ‹

甜甜姐姐虽然收留了我，但她并不能陪我打发时间，因为人家也是有男朋友要陪的。而被女朋友临时放鸽子的Z先生也没有什么安排，就被甜甜姐姐强行安排做我两天的陪游。

Z先生问我想去哪里玩。

我说："想去欢乐谷。"

Z先生说："人太多了。"

"想去锦里。"

"太无聊了。"

"去逛商场买衣服。"

"太难走了。"提到购物，他脸上出现略带崩溃的表情。

我闷了一下，有点泄气："那我想睡觉。"

Z 先生竟然连睡觉都不放过，冷笑一声："小朋友，难得一个假期，能不能不要这么颓废？你不知道有句名言叫'生前何必久睡，死后必定长眠'吗？"

然后他就不问我了，直接一脚油门，带我去了一个空气好又安静的茶园喝茶看报纸。我目瞪口呆。

Z 先生一脸怡然："让你提前感受一下中老年人的休闲方式。"

我："……"

后来在我的强烈要求下，Z 先生还是勉为其难地陪我去了一趟锦里。景区有很多琳琅满目的小吃摊贩，馋得我眼睛直冒绿光。Z 先生抓住我的背包往后一拉，懒洋洋地劝我说路边摊不干净。

"我们年轻人跟你们中老年人不一样，多少不干净的东西吃下去都可以消化。"

Z 先生送我一个"你很行"的眼神。

10

在一个摊子前买小吃，给钱时Z先生差两块钱零钱，于是我从口袋里翻出两个硬币。塞到他手里时我们俩没交接好，硬币直接掉进了油锅里。我当时的第一反应是侧过头看了Z先生一眼，心想：完了完了，油锅里还有那么多吃的，老板不会要我赔吧。

Z先生与我对视一眼后，又看了一眼老板。老板跟还没反应过来似的，看着油锅里的油珠聚集在硬币周围。Z先生特冷静地对我说："既然掉进去了，那你许个愿吧？"

许愿？

我又朝他看了一眼，见他不像是在开玩笑，当真底气十足地双手合十许了个愿。Z先生点点头，又拿出一张大钞让老板找零。然后他拿着找零的钱，手上端着小吃，一脸深藏功与名地带着我走了。

走过一条街后，我问Z先生："你说那老板会把钱捞出来吗？"

"当然啊，有钱不要他傻啊！"

"啊？那那锅吃的……"

"肯定是继续卖啊，除了我们又没人知道那口锅当过许愿池！"

我突然想起那锅里还不知道都掉进去过一些什么，胃里一阵翻腾，完全没有再吃的欲望，就着他的手把东西扔进一旁的垃圾桶。

Z 先生叹了一口气：“你看，早跟你说不干净，又浪费粮食又浪费钱的。”

我瞪他一眼：“手滑怪我咯！”

› 11 ‹

晚上跟甜甜姐姐躺在一个被窝里睡觉的时候，我把今天跟 Z 先生去了哪里，又去干了什么全告诉了她。

甜甜姐姐听完后说：“看来你运气还蛮不错的，也可能是遇上了他的心情特别好。”

“哦？”

但是过了一会儿，甜甜姐姐又说：“真是奇了怪了，按理他没有理由心情好啊！本来 Y 之前说要过来成都陪他过国庆节的，于是 Z 先生连回家的机票都退了留在这里等着，可结果 Y 又没有来。”

“Y 是谁？”

“Z 先生从念大学时期开始谈的女朋友。”

我的心跳乱了好几拍，一时慌乱下差点咬到舌头。

“所以，他们是异地恋？”

“Y 考研去了北京一所知名的高校，Z 先生留在本校保研，之后就一直两地。”

“那……Y 一定很漂亮吧？”我问。

“我只见过一次，但是真的很配，是两人站在一起旁边的人会自动变为陪衬的那种。总会有优秀又美丽的女人把自己最妩媚的年纪献给 Z 先生这样处事周到、性格柔韧的男人的，你说是吧？”

我很赞同地点点头，脑子里回旋着很多奇怪的念头。但最清晰的一个是：Z 先生有女朋友不是很正常的事吗？我为什么要感到震惊？

我们俩断断续续又聊了些有的没的，聊到 Z 先生的事时，我总是借着插科打诨，把话题延长得更久一些。我知道了 Z 先生在工作中的样子虽然严厉，但他做事靠谱负责，又让人很安心，从来不让手下的人加班；知道了他到这边来算是空降兵，在成都待不了多久就会调去别的地区。

聊到不知几点，外面万籁俱寂，我听到一侧传来甜甜姐姐轻微的鼾声。她睡着了，我翻了个身望着头顶的天花板，睡不着。是理所应

当的睡不着，是那种即将去参加高考却被告知没有报上名的辗转难耐。

知道 Y 的存在后，我的心情不是吃醋也不是嫉妒，而是一种被隔离在外的局外人的感觉。他们的故事听得越多，就越清楚 Y 跟 Z 先生与平凡的我根本不在同一个世界，他们是我踮起脚也无法够着的人。

› 12 ‹

为了错开人流高峰，我跟大学闺蜜约定在 10 月 6 日提前回学校。10 月 5 日是我在成都待的最后一天，结果那天我跟 Z 先生哪里也没去，白天就待在 Z 先生位于 31 楼的宿舍里。

其实我当时并没有发现，只要跟 Z 先生在一起，自己就一直处于特别开心和兴奋的状态。但是 Z 先生看着我，却渐渐不似最初那样亲切，连话也少了。这人不笑的时候，感觉真的还蛮瘆人的。

中午，我和 Z 先生在外面的馆子随便吃了点东西，然后 Z 先生的朋友打来电话，叫他出去玩。

他瞅了我好几眼，然后对我说："我可能不能陪你了。"

我很识抬举地说："没事，你去吧，我下午睡一觉就自己出去逛逛。"

Z 先生对着我笑了一下："真的很不好意思，但明天还是让我送你去车站吧。"

我说："好。"

然后我们和平地道别。其实最后一整个下午我哪里也没去，无数次想打起精神来，却发现没有 Z 先生在，我一个人去哪里都觉得无趣。

6 日一早，Z 先生开车把我送到车站跟大学闺蜜碰头。

临别时，我们彼此像文明客气的成年人，我小声又无措地问他："我还能再见到你吗？"

Z 先生笑得很不走心："我出差的时候可以过去看你，作为朋友。"

三言两语说完再见，我们一个转身朝检票口走，另一个掉头去停车场。

我还是忍不住回了头，入目的风景不过是人海漫漫，拥挤得让人恐慌。可我却在那一瞬间明白，什么叫一转身就搞丢了一个人。

以前从来不知道，只是默默喜欢一个人，也会令你对每一天充满期待。

那时候网易云还没爆红，如果出来的话，到了年末个人歌单盘点的时候，说不定就会出现这样一段总结：

××月××日大概是很特别的一天，这一天你把iron&wine的《Flightless bird》听了183遍。

Chapter
3
谁说做等待小王子的狐狸
不需要勇气
深深的喜欢的小时光

01

就在我准备研究生考试的时候，甜甜姐姐突然在微信上给我发消息，特八卦地细数Z先生和Y彻底分手的事。

甜甜姐姐还告诉我，4月中旬Z先生要来重庆参加一个研讨会。

“我已经拜托他到重庆后帮我转交一个东西给你，妹子，到时候你们见面了，你一定要把握好机会，趁着对方内忧外患，趁火打劫。”

我：“嗯？”

“装什么，在成都的时候我就看出来你喜欢他了，所以才提醒你他有女朋友的！”

我：“……”

一想到要见Z先生内心还挺挣扎的，接到这个电话的晚上，我绕着操场跑了七八圈，第九圈的时候我终于下了决定：不要见。

回寝室以后我就跟甜甜姐姐打电话，想要回绝这个事。

结果甜甜姐姐说：“今天跟Z先生聊了一会儿，Z先生蛮高兴的呢！刚才还在说他从来没在重庆好好玩过，专门请了几天年假，准备叫赵深深同学带他做一个深度游。”

我……彻底傻眼了。

02

于是我就这样再次与 Z 先生见面。

Z 先生看上去跟半年前并无变化，笑起来还是无限阳光里带点没心没肺的坏，人家都那么自然，我肯定要表现得更自然一点。

关于带他游重庆的事，我很是花了些心思，做了一个漂亮又详细的旅游攻略，事实证明，这些准备全都白做了。

第一天，我们迷路了。本来要去一个网络上推荐的景点，但是我们无论对导航多么言听计从，还是与目的地永远相隔两端，Z 先生全程一脸蒙，搞得我很不好意思，直到晚上去吃火锅时，看到 Z 先生露出惊叹的笑容，我才暗暗松了一口气。

第二天，我带 Z 先生去洪崖洞，现实版的千与千寻不管怎么说也要去一次。Z 先生对洪崖洞表示了挺浓的兴趣，景点推荐正确让我信心大涨，快马加鞭带他去了磁器口，然而，周末的磁器口和洪崖洞，成功满足了我喜欢热闹的愿望，乌泱泱一片全是人，而我，夹在人的中间。

Z 先生看了一眼前面绵延无尽的人流，眼里的绝望一闪而过。

他果然就说："我们走吧。"

他先转身，我反应慢了半拍，就这半拍，足够我被卷入人海，被大潮流推着往前走，根本无回头之路。Z 先生走着走着突然回过头，发现我没在，站在入口处愣了半晌，皱起的眉头变成了微拧，看到我已经被人潮推了很长一段距离了，还是硬着头皮追了过来。

最后，我们终于在巷子中间一家卖瓷器的小店铺前会合。人流拥挤，Z 先生低头看了一眼地上，努努下巴说："你鞋带散了。"

我低头看了一眼，的确是散了，弯腰准备去系。Z 先生拦了我一把，他说："你这个位置不安全，人万一涌上来很容易被绊倒，踩踏事件就是这么发生的。"

说完，他贴着墙蹲下来，伸出手帮我系鞋带。

他的手刚碰到我的鞋面时，我瞬间像触电一样，从头到脚都软了。

大概每个女孩在少女时代都有过一个未完成的白日梦，想要跟喜欢打篮球穿白衬衫的男孩子谈一场轰轰烈烈的恋爱，这个他会在早晨六点半骑着自行车来我家接我上学，会给我买早餐督促我多喝牛奶，

也会在体育课体能测试时，偷偷来检查我的鞋子是否合脚，检查鞋子的过程中，系鞋带这个动作是必须有的，一低头就可以看到喜欢的人的黑色短发，这是少女梦里最幸福的事。

那样的男孩从来没有在我的青春里出现过。

而那时的我，也只是戴着厚重镜片，在书山题海里刷题刷得灰头土脸的最普通女孩，还没有幸运到让老天爷格外青睐。

此时此刻，眼前发生的一切，那么猝不及防，又耐人寻味，连迎面拍到脸上的风，也带着前所未有的温柔气息。

Z 先生系好鞋带后，站了起来，他把手放在身后摸了摸，然后神色复杂地看着我，欲言又止。

我还在为 Z 先生刚才的细小举动震得惊天动地，丢盔弃甲，我舔了舔嘴唇，紧张地看着他。

但 Z 先生清了清喉咙，先我一步张口，是很无奈的语气：“你刚才……就这样，眼睁睁地看着小偷把我的钱包拿走了吗？”

我：“……”

03

Z 先生在帮我系鞋带的时候，有人从他身后抽走了他的钱包，从我的视线角度是可以一眼看到窃取钱包的全部过程，但是那时我的眼睛和大脑都忙着别的呢！

Z 先生一直安慰我，钱包里没放多少现金。

“补办证件更麻烦啊！”我哭丧着脸说。

“可是已经这样了，如果你把时间都花在懊悔上，岂不是要浪费很多玩儿的时间？”

我被他成功说服。

本来初衷是希望 Z 先生能在重庆留下难忘又美好的回忆，这下可好了，美好是没有的，难忘的回忆是真的多过头了……

接下来的时间里，我不得不打起十二分精神，把这个陪游的工作做得更加尽责。全程十二小时盯牢 Z 先生的神情，但凡他稍微露出一点点疲惫，一点点不耐，我立刻送上嘘寒问暖关怀备至。

“已经走了半小时了，你渴不渴，我去买水？”

“已经走了一公里了，你一定累了吧，要不咱们打个车？”

……

Z 先生显然被我的过度热情给吓到了，连连告饶。

“赵深深同学，我十分钟以前才喝完一瓶矿泉水，我不是从缺水地区来的，你不用这么紧张。”

“赵深深同学，我虽然年纪比你大，但还没有老到走不动的程度。”

04

三天时间眨眼而过，最后一天晚上，我们站在朝天门看江景，江面上许多打着彩灯的船缓缓开过，江面波光粼粼，特别广阔、宁静。

我看了一会儿大江，又侧头偷偷看了一会儿 Z 先生，觉得内心特别平静。

就在我收回落在 Z 先生身上的目光，又把视线投向大江时，Z 先生突然开口：“赵深深同学，能别老用那种眼神盯着我看吗？太热情了！”

我的脸刷的一下就红了，转过头，看到他嘴角衔着一抹浅笑。

“我只是觉得对不起，这次没带您玩儿好，没把您招待好，如果

下次有机会的话，我一定会款待周到。”

我一边说，一边朝他猛鞠躬。

Z 先生忙说受不起，也对着我鞠躬，我们两个互相鞠了半天躬，路过的人看我们跟看傻子似的。

最后 Z 先生说：“您太客气了。已经很好了，其实这三天是我最开心的三天。”

游船的灯光照过来，照在 Z 先生身上，他的脸被映成了透明的浅蓝，眼睛亮得发光。

05

甜甜姐姐知道我和 Z 先生之间竟然什么特殊情况也没发生，怪我浪费了她给我制造的机会。

“这几天紧张死我了，我一开始见到他挺不自在的，还好，Z 先生是那种擅长化解尴尬的人。”

“你就对你自己这么没自信？”

“只有 Y 那样好的女生才配得上他。”

可能Y真的是个里程碑似的存在，甜甜姐姐一下子就不说话了。

06

我跟Z先生在重庆分别后，直到他离开成都，再也没有见面。他回成都后不久，就调岗去了深圳，其实很早以前就听到群里插科打诨地恭喜他要高升了，所以听到确切的离开时间，一点也不感到意外。

日历上的时间一日日划去，进入12月，我也上了考研战场。那是我押上全部心血孤注一掷的赌局。在此之前，我从来没有为自己的人生做过打算。当然，我看起来也不像是那种有理想也会对自己人生负责的人。

其实最开始，当我决定要考W大的研究生时，收到的就全是反对和嘲笑。W大是全国排名前十的“211、985”名校，而我的本科院校是个很普通的二本，不管是考试难度还是竞争压力都非常大。总之，在大部分人眼里，我就是痴人说梦。

后来辅导员分别找人谈话时还开导我，让我就考本校。

我说：“如果不是W大就没有意义了。”

我清楚地看到辅导员眼里写着大大的两个字：“天真！”

那年春节过后，研究生成绩也出来了。我坐在电脑前紧张地刷网页，如果按我自己估分的话，应该跟去年分数线成绩差不多，然而，分数线被我刷出来那一刻，我的心脏都停止了跳动。

很快，大家都来问我考得怎么样？明明很想哭，却只若无其事地回答：“我啊，考 W 大怎么可能考得上嘛，本来就是考着玩玩儿的。”

晚上蜷缩在宿舍床上，翻来覆去睡不着，脑子里全是乱七八糟的念头。

怎么会只差一分呢？是不是多做了一道题，当时再检查一次，结局就会完全不一样。要是一开始不努力、不抱有幻想就好了，没有期待就没有失望。

考不上才是理所当然的，基础那么差，脑袋那么笨，不是光靠嘴巴说说就能改变命运的。

好难过。

好丢脸。

好想消失。

07

那段时间我意志格外消沉。反反复复地失眠，睁眼闭眼都是在考场上做题的样子，反反复复地躲在别人看不到的角落哭。没人知道我心里的苦闷，因为我的失败是理所当然的。

毕业季，因为准备考研，我错过第一批校园招聘。三四月的时候，学校里来招聘的企业已寥寥无几。我妈给我打了电话，说未来的出路已经替我安排好了，在家乡替我托了关系找了工作，让我回家。

关于以后的人生是什么样子，我心里也基本有谱：在那座小城市拿着不高不低的薪水，上着可有可无的班，然后按部就班地结婚、生子，那是一眼就看得到头的生活。

我正磨磨蹭蹭地收拾东西，打包一部分东西先邮寄回家，Z 先生突然给我打了电话。因为他知道我也考 W 大，专门来问问我的情况。

我的眼泪一下子就掉了下来，觉得无地自容，我说我没考上。“没考上”三个字刚脱口，我就失声痛哭。

Z 先生被我突如其来的哭声吓到了，他在电话那头保持着沉默，一直等我哭够了，我问他还在吗？他轻声说：“还在的。”

接着，他先跟我聊了一些别的东西，聊深圳这座城市，聊新单位有趣的事，聊了一会儿，我心情平复许多，话题又转到了考试上。

Z先生听到我话里话外都是自暴自弃的低气压，无所谓的口吻："那又怎么样？名校又不能保证找得到好工作。"

"你自己就是名校毕业的，你当然这么说。"

"你就这么想做我学妹？"

我没说话，心里却在想：你知不知道，我想变得更好，原本就是因为你。自从遇到你以后，你那么好，我恐慌无措，我可以不在乎其他人怎么看我，但是我希望你眼里的我，至少不是那么一无是处。

Z先生问我毕业后的打算。

我告诉Z先生，家里想让我回家乡去。

他问我："你想不想回去？"

"要是放在以前，说不定就回去了，以前我对自己的人生又没什么主见。但是从大二开始，因为一些事，我想改变，不想再跟以前一样了，我想去争取一些东西。"我说得含含混混，自己都不知道想表达什么，后来我才明白，那时的我只是对自己能不能独立生活、能不能不靠父母过上自己喜欢的生活没有信心。

Z先生说："既然你不想回去，我们就想办法留在这里。"

我毕业后的第一份工作，是在一家风险投资公司做行政。

靠自己的实力应聘上的。

其实前前后后应聘了大概十七家公司，其间一度被那种财大气粗、只要重本院校毕业生的单位打击得想直接卷铺盖回家算了。幸好有 Z 先生，一直在旁边给我打气，帮我整理简历，一遍又一遍地帮我练习面试。

收到新公司录取通知时，我高兴得简直要跳起来。

我马上就给 Z 先生打了电话，说完感谢后，我的心静下来，很长时间的沉默后，我告诉他：“我会永远记得你，对我这么好。”

Z 先生的声音听起来有一点笑意：“也没帮上什么，只是关照一下差点成为我小学妹的学妹而已。”

09

刚工作那会儿总有许多烦心事，在大学象牙塔时，关于社会有许多想象，以为自己已经准备好迎接最坏的情况，在现实面前才发现，想象力总是不够发挥。

有时候也会跟Z先生发牢骚，Z先生像一个充满包容与神秘的长辈，总能教我一些化解复杂人际关系和棘手问题的小技巧，他真的很聪明，能想到很多我想不到的地方。

我常常跟他直接表达我的膜拜。

Z先生就笑我："等你多上两年班，就不会这么盲目崇拜了。"

那时候，大概因为他比较照顾新踏入社会小菜鸟的缘故，我们的联系频繁起来。而我偷偷设置了QQ对Z先生永远显示隐身可见。

他不知道。

在某一天，大概凌晨两点多的时候，我还没睡着在听歌，突然听到QQ发出有新消息的声音，我从床上爬起来，看到竟然是Z先生给我发了一个"在？"

这是他第一次主动私聊我，我赶紧回了他一个表情包。

当他问我这么晚了怎么还不睡的时候，我激动得连连打错字，有很多话想跟他说，最后只打出一个“马上睡”。

这大概就是暗恋最悲哀的事，我不能直接告诉他，我等了一天，等的就是这个几乎没有可能的“在？”也不能告诉他，我每天都把社交账号这么挂着，等的就是像今天这么幸运的一天。

没说两句，Z 先生分享了一首歌过来。

“赵深深小朋友，听完这首歌，你可以去睡觉了。”

“你不睡？”

“我听完这首歌也睡了。”

从那以后，Z 先生就经常在睡前分享音乐给我听。他听歌的口味还蛮杂的，不管怎么说，我的音乐盒在那一段时间里激增了许多我从来没听过的歌，每天晚上伴随着音乐入眠，连空气里都弥漫着一股幸福的味道。

以前从来不知道，只是默默喜欢一个人，也会令你对每一天充满期待。

那时候网易云还没爆红，如果出来的话，到了年末个人歌单盘点的时候，说不定就会出现这样一段总结：

××月××日大概是很特别的一天，这一天你把 iron&wine 的

《Flightless bird》听了 183 遍。

10

Z 先生是个游戏控，跟他相熟以后，他也经常会在微信上问我晚上有没有时间，来 DOTA 开黑。

刚开始玩游戏的时候，Z 先生叫我别在里面暴露性别，假装自己是个安静可爱的小兄弟即可。我们一起组的队伍里，还有另外两个成员，一个外号大白，一个外号娇哥，都是 Z 先生的朋友兼同事。

一开始相互认识的时候，我很好奇地问大白和娇哥："Z 先生没有外号吗？"

大白回我："有啊，我们都叫他'老婆'。"

我："……"

难得 Z 先生竟没有站出来反驳，真是引人无限遐想的外号。

大白又问我叫啥？

Z 先生回复："她叫猴子。"

后来跟大白和娇哥熟悉了，我偷偷问娇哥，你们为什么都把 Z 先

生叫老婆呢？

娇哥一声叹息：“做事靠谱，脾气可爱，把我们的衣食住行照顾得面面俱到，上得厅堂，下得厨房，一个人顶两个老婆，可惜生理结构注定了我不能娶他，悲哀。”

我在屏幕的另一头，简直要笑死了。

11

后来才发现Z先生为什么让我假扮小兄弟，因为大白和娇哥特别喜欢撩妹子，有时候看到他们刷屏撩骚，觉得这两人简直不知廉耻。

但是两人撩妹子也是花开两朵，各表一枝。

娇哥撩妹，是光撩不娶型，他勾搭妹子的画风大概是这样：

娇哥：“土豆可以做成土豆泥，苹果可以做成苹果泥，你猜猜你来到我身边会变成什么泥？”

妹子一脸娇羞：“什么？”

娇哥柔情款款：“honey（哈尼）。”

隔了几天，娇哥：“明天又是周一，无心上班。”

妹子发了一个安慰的颜文字表情。

娇哥面不改色："所以，请问一下，你可以把我的心还给我吗？"

妹子："……"

在娇哥的有心插柳之下，很快要到了妹子的联系方式，两人在 QQ 上打得火热。

换了大白撩妹，画风就变成另一个样子：

那时，大白对一个北方妹子很有感觉，在游戏里一直保护着对方，妹子应该也对大白有些好感。娇哥心特别坏，也凑热闹似的拼命对妹子示好。

我十分困惑，问娇哥："难道你也看上了这个妹子？"

娇哥正义脸："没有坎坷的爱情禁不起风吹雨打。"

我："……"

娇哥微笑脸："我就是故意给这段本来就希望渺茫的姻缘添点儿堵。"

由于娇哥对妹子发起的攻势更猛烈，大白也被逼急了，于是某一天，大白鼓起勇气，直接对妹子说："我一直都想去北方，南方阴雨天气多，深圳老是刮台风，一想到北方的碧空晴天，工作中所有积压的抑郁都一扫而空。"

妹子答："你来呀，我等你。"

大白激动得不行，一激动，就出事了。

大白："好，等我到你的城市来，我们一起放风筝吧，把我们的合照打出来做成风筝的样子，我们一起上天，翱翔天际。"

我："……"

Z 先生："……"

"放风筝？"娇哥嗤笑一声，我从这声冷笑里看出对竞争对手的不屑。

自此以后，那个北方妹子再也没有搭理过大白。

事后 Z 先生总结："虽说大家都是单身，但看来单身也是要各凭本事的。"

12

后来我问 Z 先生："如果是你想要勾搭妹子，你会怎么做？"

Z 先生说："我打游戏一分神就会凉的。"

我还是很好奇："我是说如果，好奇一下，你会怎么做？"

Z 先生隔了很久很久，才回我。

“你真的很想看？”

我：“嗯嗯。”

Z 先生：“那好吧，不过有句话我要说在前面，我要是出手，那人就必须是我的女朋友。”

我愣了近半分钟，才反应过来他想表达的是什么意思，接着满脑子都是“no！ no！ no！ no！ no！”我可不想他这么半真半假地找个女朋友回来。

Z 先生见我半天没反应，又敲我一下：“那你挑一个你觉得不错的女生吧，我准备一下。”

我：“突然，就不想看了。”

Z 先生就回了我一个字：“乖。”

13

我大四备考研究生时，有一个一起应考的战友追我，那时候觉得他对我挺好的，也没太拒绝，只说等考上研究生以后再具体说。但是，我身边的人见我们总是在一块儿吃饭学习，以为我们已经确定了关系。

后来我名落孙山，他顺利晋级，他在学校里找到了更合适的对象，火速结束了这段不到一年的暧昧关系。

被“失恋”的那段时间，我很少说话。一天 Z 先生在 QQ 上主动问起我：“意志如此消沉，是不是失恋了？”

Z 先生：“随口一问，竟一语成谶！难道是我有毒？”

我回复：“嗯，准确地说，是被人甩了。”

对话框的上方一直显示“正在输入”，但隔了很久很久，Z 先生的消息才真正弹过来。

我还以为他准备了多少哲理鸡汤，要把我灌得神志不清从头再来，结果回过来的消息却让我喷饭：“哦，恭喜你回归单身狗大本营。”

“这个时候我只需要一碗浓浓的鸡汤！”

“鸡汤喝多了三高，还可能有毒，不能害你。”

然后他就不理我了。

这段对话结束的第二个星期，收到了一个来自深圳的包裹，拆开以后，里面是一瓶香水，蝴蝶结的瓶盖粉红色的液体，梦幻又浪漫，里面还配了一张没掌心大的贺卡，上面有手写的克里斯汀·迪奥的经典名言“The perfume is a door to a brand new world”（香水是一扇通往新世界的大门）。

那算是Z先生第一次送我礼物，那时又不是我的生日，好像也不是什么特别的日子。我还以为Z先生是不是写错了地址，寄错了人，于是给他发消息：“你的香水好像寄错地方了。”

“快递单上写的是重庆市渝北区××路××小区×栋31楼2号，电话是×××××××××××吗？”

我检查了一下：“是。”

“那你收下吧。”

“……”

“鸡汤。”

“给我的？”

“嗯，给你的。”

“可是这个又不能喝。”

Z 先生先回我一个无语的表情，接着又回我：“目光不要只局限于一碗鸡汤，你要相信你值得更好的。”

我拿着手机呆了呆，接着一头扎进被子里，在床上翻来覆去，闷声尖叫。

过了一会儿，等心情稍微平复一些，我取出香水喷了一点点在手腕上，用大力吸了好几口，立马给烁烁发简讯：“花漾甜心那款香水，味道太甜了，像酒一样甜，甜得我都快醉了。”

过了好几分钟，烁烁才回我：“失恋了学会自己调节啊大小姐，姐这里分分钟几百万，没时间听你吐那些情啊爱啊的苦水。”

我把头埋在枕头下，气呼呼大喊：“方烁韵，你这个见利忘义的女人早晚会失去我的！”

› 14 ‹

过了段时间，群里都知道我又变回了单身狗。

有人安慰：“没关系，这年头谁还没失过恋。”

有人吐槽：“那个男人看着贼眉鼠眼就不像个好人，我还以为你

被下了降头，才会跟他谈恋爱。”

我：“……”

有人好心：“女人二十出头的时候是最漂亮的时候，你就该趁着这个机会，赶紧换一个英俊多金的男友，等到过了二十五岁老了再急就晚了，挑来挑去挑不到好对象。”

这个提议一出，群里又掀起新一轮的讨论热情，纷纷抢着要给我介绍男朋友。

有家里开公司自己开玛莎拉蒂的富二代，有刚从海外念书回来年薪百万的归国精英……如果不是他们像罗列清单一样一条一条打在屏幕对话框里，我都不敢相信，这世上竟有这么多优秀男青年还没人要！

我正被眼花缭乱的相亲信息轰炸时，Z先生在群里不紧不慢地冒了一句。

“白素贞一千岁的时候才嫁人，也没见人说过她老。”

叽叽喳喳的群里一下子就安静下来，我愣了一下，又把那句话喃喃含在口中念了两遍，念完第三遍才扑哧一下笑出声来。

一瞬间，什么金龟、银龟、海龟、王八，全都不想要！

有段时间，Z 先生突然从网上销声匿迹，后来从大白口中得知，Z 先生在工作上出了个大错误。他们那行，一个对接单位动不动就上亿，所以损失可想而知。

“如果 Z 先生够谨慎的话，就应该注意到第三张报表上小数点的位置不对，一开始就查出来的话，后面也不会全部都错。”

“那怎么办？”

“不知道。”

我心里怀揣着这个事，饭也吃不好觉也睡不香，他总是帮我、照顾我，但是到了他有困难的时候，我竟然一点忙都帮不上。

后来有一天，看到公司男同事在亚马逊上追一款游戏机，我突然想起 Z 先生是游戏发烧友，灵机一动，就追着男同事打听了很多东西。

正好那年 Z 先生过 26 岁生日，于是我决定送他一个 PS4 作为生日礼物。

那时我虽然在一个看上去很风光的行业工作，实际收入并不高，平时也是月光，信用卡永远是拆东墙补西墙，我看着那套游戏机本来也不贵，但是在男同事的建议下买了配套设备和游戏，惊讶地发现这玩意儿，竟然是个无底洞。

但当时也并不放心上，不过靠饭卡维持生计两个月吧！

Z 先生收到东西时，很惊奇：“我生日已经过了。”

“咦，不是农历十月吗？”

“是阳历 10 月……”

“……”

我很怕他不要：“买都买了，你就收下吧，反正也是网上打折。”

Z 先生：“小姑娘，你当我不知道它新上市？花了多少钱？”

我硬着头皮：“反正没花多少。”

Z 先生笑：“败家娘们，以后谁敢娶你？”

我突然有些生气，态度也不好起来：“我败不败家不关你的事，如果你不要，那就扔了吧。”

Z 先生说：“脾气还挺大。”

隔了一会儿，Z 又说：“谁说我不要，我正想买呢！”

我一下子就笑了。接着我又放低了嗓音，小心翼翼地说：“其实，我还放了一样东西在里面。”

Z 先生的声音也温柔了一些：“是什么？”

“我的运气，你可能不知道，我从小到大都不聪明，但是每次到关键时刻都有逢凶化吉的运气，我妈说一定是我上辈子做了不少好事换来的特殊技能！”我说完这些幼稚话后用手捂住眼睛，特别担心Z先生会嘲笑我。

听筒那边传出塑料袋被翻找的声音，隔了一会儿，Z先生说：“好的，我看到了，在游戏机的下面，没想到这个运气竟然是粉蓝色的。”

其实这个“运气”就是一团空气，Z先生的配合让我震惊不已，我忍不住笑了：“咦，不是绿色吗？”

Z先生在电话那头也“咦”了一声，然后他笑道：“哦，我有点轻微色盲，那应该就是绿色的，这个运气我也收下了，过段时间再还给你。”

"他让你帮他打的那个号，在你接手以前装备和等级都神级了，拿出去卖的话应该能卖到五万。"

我脑子里"嗡"的一声："那现在能卖多少？"

西瓜弟冷笑一声："现在谁稀罕你那个破号！"

我坐在凳子上，被 Z 先生捉摸不透的举动和西瓜弟的惊人话语搞得脑子里一团糨糊，心脏开始不受控制地狂跳。

Chapter
喜欢在我这里，
是没有结果，
好过坏结果

› 01 ‹

又有大半个月时间没跟 Z 先生联系，直到有一天，大白和娇哥在 QQ 上轮流敲我。

“晚上来打游戏！”

“Z 先生也会来。”

虽然他们什么也没多说，但是我知道这个事情应该解决了，心中的一块大石头缓缓落下，连白天吃饭都能多吃两碗。

大家又开始了晚上聚众玩游戏的生活。

就在大家打游戏打出的感情越来越好时，某一天，大白往游戏队伍里新带进了一个不知他从哪里认识的女生西瓜妹。

西瓜妹是个软妹，说话方式很可爱，经常都是问号后面加一两个颜文字，隔着屏幕我都能想象出女孩萌萌哒、易推倒的模样，大白和娇哥对妹子一如既往地热情，恨不得把心都捧出来哄着她。

可能是 Z 先生很少理她，外加上 Z 先生在我们这堆人里面，游戏玩得比较好，西瓜妹很喜欢主动找 Z 先生搭话，当然，她对大白和娇哥的示好也来者不拒，有时候还会欲拒还迎，或者故意说暧昧语言挑起这两个男人的斗争。

西瓜妹一遇到危险，就呼喊大家来救她，声音格外凄楚可怜，就连我一个女人听了，都浑身一酥，恨不得立马把人头送她手里。

而且她还总是指名道姓地叫Z先生救她，Z先生估计也不好拒绝，所以Z先生救她的次数很多。

本来我玩游戏玩得也不好，通常都是默默地跟在Z先生身后贴药回蓝。西瓜妹加入游戏后不久，就对我说："你一个男孩子还是去打怪比较好，这种小事交给我们女孩子吧！"

于是，这些事也轮不到我做了，我只能跟着大部队，跑来跑去，不知道自己到底该干吗？

其实，当我看到西瓜妹摇旗呐喊为Z先生助威时，我心里还挺不是个味儿，而当我看到Z先生会对妹子说"谢谢"，还给她送装备的时候，忍不住嫉妒了，内心世界咬着手帕哼哼，好恨。

那是我第一次感受到了危机，尽管那时候的我一点也不敢打Z先生的主意。

02

有一回Z先生叫我去卡兵，结果我失败了，然后Z先生就随口说了句卡兵都卡不住，我心口突然闷了一下，有种说不出的滋味。这段时间看到他对西瓜妹态度挺温和的，对我可是蛮严厉，有时候还跟大白他们一块儿拿我开玩笑。

好歹我跟他还是现实中认识这么久的朋友了，难道在他眼里我还比不上刚认识不久的网友西瓜妹?

我有些生气，等回过神来，我的手已经代替我做了决定，直接关掉了电源。

大约十分钟后，手机屏幕一个名字闪动起来，Z先生竟然给我打电话了。我大脑里各种混乱，最终还是因为害怕，没敢接。

天知道我在害怕什么!

电话没有再响起，微信里却跳出一条消息。

“怎么突然掉线了?”

我在脑子里搜索了一会儿，编了一个极差的理由，心情复杂地回过去:“电脑死机了，而且我还有个总结要写，就准备不玩了。”

刚发过去，Z先生一通电话就打过来了，因为太突然，我手一抖就点了屏幕中间的接通键，在我紧张兮兮的情绪下，Z先生倒是挺平静的："赵深深，再玩半小时吧，总结一会儿我帮你打草稿。"

› 03 ‹

他总是能轻而易举地说服我，于是我重新开了电脑，厚着脸皮，进入游戏。

刚一进去，娇哥在问："猴子不见了，Z先生又死哪里去了？"

我刚打出一排"对不起，电脑出问题了……"还没发出去，Z先生说："女儿不会写作文，刚才去给她打了个草稿，让她照着抄。"

一阵诡异的安静。

娇哥突然冷笑："呵，男人！"

我脑子里顿时一连串问号，这又是一波什么操作？同时实在不敢想象大白和娇哥看到这句话的时候是什么表情。

过了一会儿西瓜妹也说话了，一连串哈哈哈："哎呀，你都结婚了呀，你平时打游戏你老婆不管你啊？"

“我没有结婚，因为我一天到晚不务正业，又赚不了几个钱，前女友把孩子生下后就跑了。”Z 先生简单地说。

好不容易打破的安静，再度陷入更诡异的沉默。

良久，大白赶紧弹了句力挽狂澜的话：“未婚爸爸！”

04

过了一段时间，西瓜妹来打游戏的时间渐渐少了，她总是说工作太忙了，没时间上网。

大白一听西瓜妹这么说，情绪瞬间低落。

说起来，这两人的关系还挺扑朔迷离的。西瓜妹跟大白在认识我们几个之前，关系就挺好的，他们是在一个游戏论坛上认识的，然后互加了 QQ 好友，经常聊天。

从大白平时谈到西瓜妹的语气和频率来看，我们都觉得他对西瓜妹有意思，还不是一般的有意思。但是，西瓜妹跟大白说过，她不喜欢异地恋，所以两人只开过语音，互看过照片，但从来没有在现实中见过面。

但这丝毫不妨碍，大白对西瓜妹一如既往地热情。

经验丰富的娇哥坚信，西瓜妹对大白肯定没意思，叫大白别再浪费时间感情了。但大白是一根筋认准了一条道走到底的脾气，对娇哥的话置若罔闻。

西瓜妹上线的时间越来越少，大白每天在游戏里望眼欲穿、望穿秋水、翘首以待地等候西瓜妹，尽管大多数时候期盼都化作了失望，但是偶尔一次他等到了她，他表现了一副所有的付出都变成了值得的表情。

我跟Z先生窃窃私语："没想到他还是个痴种。"

有一天，西瓜妹上线后，先在队里说了一通长篇大论，表达了一番正式告别游戏的想法，那时候才知道，西瓜妹原来是淘宝模特，最近签约经纪公司了，准备做全职模特，所以没有时间再玩游戏了。

原来是模特啊，难怪娇哥跟大白对妹子这么热情似火。

西瓜妹最后说："能认识大家很开心，希望以后还有机会一起打游戏。"

听到妹子要走的消息，大白一直没吭声，尽管他没说话，隔着屏幕，我都感受到了他强烈的失落，但是完全不知道该怎么安慰他。

然后我们就鼓励他："要不你跑去她的城市约她出来见个面嘛！"

大白插科打诨地把话题岔过去了，也不知道电脑另一头的他到底怎么想的。

05

某天晚上，是西瓜妹最后一次和我们一起打游戏。大家都打得很认真，配合得很默契。

到了夜很深的时候，她要下线了，跟我们说了再见。

我正在对话框里输入“再见”时，对话框弹出西瓜妹的一条私信。

“加我 Q，不然我告诉另外两个人你是女生。”

一阵诡异的沉默后，我退出游戏，输入了她留下的 QQ。

西瓜妹，也就是刚刚签约了模特经纪公司，拥有着 36D 胸围，17 寸纤腰，肤白貌美大长腿，未来星途坦荡，在游戏里只会叫“救命”、叫“小哥哥带带我”的绝世大美人，加上她 QQ 后，先是连珠炮地问了譬如“性别”“年龄”“在哪座城市”等问题后，她回我一句：“我看你说话就觉得你像川渝地区的，没想到还真是……”

“难道你也是川渝地区的？”

“是啊，就在重庆。而且我刚才顺手刷了一下你空间，发现我们的学校也靠得很近，还是传说中的 CP 大学。”

我：“……”

我在键盘上敲打出：“邮电的？”

西瓜妹给我发来一个阴笑的表情。

我突然起了一身鸡皮疙瘩。这世界真是太小了……

接着，西瓜妹又说：“刚才不小心破译了你相册密码，礼尚往来，我也让你看看我的照片吧！”

“说实话，我还真不想看。”我诚心诚意。

只有真的美女才会勇于向同性及异性秀出她的美照，对后者是赤裸裸的诱惑，对前者，则是活生生的碾轧！所以，我为什么要跟自己过不去，在每天艰难的生活中再给自己找点儿怨？

但是，以西瓜妹强势的性格，怎么会如我意呢？好吧，跟她一起打游戏这段时间她向来是不给我添点堵她就感觉不到成就感！这让我对这个美女网友真是爱恨交织。

西瓜妹没等我抗议，就甩给我一张她的照片。

我盯紧屏幕，看了一眼，眨眨眼睛，又仔仔细细上上下下看了一眼。

“你是不是发错照片了？”

“没有。”

此刻，我突然觉得好像有一只看不到的手，硬掰开我的嘴巴，往里面塞了一口屎。

我问西瓜妹：“你的 36D、17 寸腰、大长腿呢？”

西瓜妹回：“36D、17 寸腰没有，性感的大长腿倒是货真价实，你要看吗？”

“不，我不想看了，已经够刺激了。”

“这就刺激了？哥果然是帅到让你怀疑人生。”西瓜妹发了一连串“哈哈哈哈哈”过来。

我：“……”

我上一次见到如此厚颜无耻之人，还是娇哥……不过，那都不重要，重要的是，现在我才知道，我羡慕嫉妒恨那么久的 36D、大长腿假想情敌，其实是一个货真价实的……汉子。

› 06 ‹

这样一来，什么模特、什么经纪公司也都是假的，西瓜妹，哦，现在该改口叫西瓜弟了，他的真实身份其实是一名记者，就在我耳熟能详的“××报社”工作。

认识西瓜弟大概是我游戏生涯里最离奇的一段了，当然后来才知道，打游戏碰到男扮女装、女扮男装，直到见面才见光死这种，不要太多。

接着西瓜弟告诉我，其实他最开始只是想变个身份跟大白闹着玩一下，没想到大白认真了，就因为大白太认真地投入了感情，西瓜弟觉得不能再这样下去，所以想了个计划，准备退隐。

没想到这个退隐，还被他做得挺煽情、挺成功的，连他自己都差点被自己感动得流下了热泪。

之后西瓜弟对我千叮万嘱：“千万别告诉大白啊，生活本来就不易，给他留下一点美好的念想吧！”

我说：“大白都准备收拾行囊跨山越海来找你了，为了提前给你惊喜，他不准备告诉你。”

西瓜弟那边“正在输入中……”起码显示了一分多钟，屏幕才弹

出一句："既然要来……那我只能借条露脐小短裙穿着去接待他了……你不担心你的朋友就此受到惊吓，患上什么恐女症？"

我愣了半晌，脑子里出现了大白站在机场与西瓜弟面面相觑，大白下巴跟行李箱一同掉落，西瓜弟穿着小短裙做妖娆女子的画面，禁不住大笑。

后来，我跟西瓜弟聊了一晚上，达成协议，为了大白的心理健康和未来幸福，我一定会努力阻止大白来重庆找他。

我对西瓜弟说："你也是，自作孽不可活，早知如此，何必当初去招惹他。"

西瓜弟嗤之以鼻："我国哪条法律规定不许男人在网络上假扮女人的？！再说，爱打DOTA的有几个是真妹子？只怪他眼瞎。"

"我难道不是真妹子？"

"你？算了吧，要不是因为Z先生在里面，你才不会对这种游戏感兴趣。"

我心里咯噔一声。

西瓜弟得意洋洋："我是记者，最擅长察言观色，所以你就算矢口否认，你心里有数，我心里也有数……"

07

有一天，娇哥突然私聊我，也想要我的QQ。

最近人气这么旺，让我受宠若惊……但考虑到Z先生大概不希望我跟他的朋友圈子走得太密集，就呵呵搪塞过去。

于是娇哥问我："猴子，你跟Z先生是不是那种关系？"

"哪种？"

"我总觉得你们两个在游戏里怪怪的，你看哈，每次打游戏你都只顾着给Z先生回血、给辅助，我跟大白你理也不理，还有上次你突然掉线，他也消失了十几分钟，再回来时说了一堆莫名其妙的话。"

我气势汹汹："我对你爱理不理？敢情我为你挡刀白挡了？还有，我退游戏是因为电脑死机，我都不知道Z先生也消失了十几分钟。"

娇哥继续说："有时候我向Z先生打听你的消息，他也像你这种态度，什么关键信息都不肯透露，我现在只知道你是他在成都上班那会儿认识的朋友。"

"是啊！"

"所以啊……我就是想确定一下。"

"可是我现在还是没听懂你想确定什么？"

“Z先生都单身两年了，一直没谈恋爱，都说川渝地区遍地飘零，Z先生是不是在成都的时候就被你给扳弯了？”

我……目瞪口呆后为娇哥丰富的想象力鼓起了掌！

08

我没有把娇哥闹的这个笑话说给Z先生听，但是后来还是忍不住问Z先生，为什么一直不谈恋爱？

Z先生答：“工作一直在调动，既然定不下来就不要祸害别人家好姑娘。”

“难道你工作一直定不下来，永远不结婚？”

“没想到那么远。原本能找到一个自己喜欢又能相互体谅一直都在一起的人，就很不容易。结婚这件事，我希望不仅是凭一时冲动，最重要的是对对方和自己都负责。”

我握着手机，迷迷糊糊消化着这句话，觉得胸闷得难受，我希望那一天永远不要到来，却又希望他能得到他想要的一切。

09

Z 先生在二十六岁那年，真的遇到很多不顺的事。

有一回“埃及绝恋”群里吵吵嚷嚷，不知是谁先说了句，算命的说 Z 先生在二十六岁这年有血光之灾。

Z 先生就说：“瞎话，算命的还说赵深深小朋友要嫁七次。”

快到年底的时候，血光之灾就真的应验了，Z 先生晚上应酬陪客户的时候，醒酒瓶碎了划伤了 Z 先生的手腕，很深的一道口子，血一下子就飙了出来。

光可鉴人的大理石地板上瞬间血溅三尺。据说在场的所有人都吓傻了，还以为伤到了动脉。

我得知 Z 先生受伤的消息晚了两天，给他打电话的时候，Z 先生轻描淡写地说是小伤。事实上，据我所知，Z 先生的伤绝非他说的那么轻巧，他是肌腱断裂，虽然动了手术，但右手功能还是会受影响，恢复不好以后可能会肌肉萎缩。

当然，什么结果都与当时的我无关，我跟他只是隔了很远很远的朋友。

我还是很焦急，没有忍住对他的关心，分别去找了西南医院工作

的同学和华西医院工作的亲戚帮忙，针对他的问题咨询了最好的骨科专家，然后给他寄了些药和康复训练的视频，时常提醒他哪些不利于恢复的事不要做。

Z先生说明明只是个小手术，我这样大张旗鼓，好像他得了癌症一样。

经他这么一说，我才回觉自己的确反应过度了，然后我找了个特别烂的借口搪塞过去："那是因为，我表哥以前出过车祸，也肌腱断裂过，我只是比较熟悉这套流程。"

Z先生说："好吧，那你表哥现在手完全没有问题了？"

"完全没有问题，打篮球、打网球、自残都没有任何问题。"

电话那头发出轻微的笑声，我也笑了，不知道我说这句话时，远在荷兰念博士的苏堤有没有手腕一痛。

笑声停止以后，Z先生那边十足安静，我也没有说话，就像是电影卡住一样，四周陷入彻底的安静，只能听到彼此有一下没一下的呼吸声。

这种安静令我的心脏突然跳乱了一拍，接着浑身莫名燥热起来，我装作若无其事地问："你还在听电话吗？"

"还在，不过要睡了。"

“嗯，晚安！”

“嗯，Good Night！”

挂完电话后，我一身轻松地拎起睡衣去洗澡，等我从浴室里出来，手机亮了一下，屏幕很快又黑了，Z 先生的一条消息一闪而过，没看清楚，但隐约看见是“你还是很在意我？”

也不知道是不是我自己日有所思看错了。

手机屏幕解锁，我飞快点开微信，点开与 Z 先生的对话框。但是，刚才那句话已经不见了，最新的一条消息，白色的字写着“消息撤回”。

我弹了一个“？”过去。

直到第二天天亮，Z 先生都没有回复我任何字眼。

› 10 ‹

那段时间估计 Z 先生是太无聊了，就怂恿我帮他打游戏，我说我玩游戏一向很烂的，Z 先生说没事，享受过程，而 Z 先生看都不看，就每天戴着耳机对我进行远程语音指导。

在这种毫无作用的远程语音指导下，游戏渣赵深深同学一次次深入虎口，从头再来，技术糟糕到逃都逃不过来。

有天我实在不好意思了，就对Z先生说：“我不想玩了，我快把你的装备全都爆完了，这号得凉了。”

Z先生特随意的口气：“没关系，你凉吧，反正只是个游戏。”

突然有天西瓜弟来问我：“这男的受伤的不是手而是脑子吧？”

“怎么了？”

“他让你帮他打的那个号，在你接手以前装备和等级都神级了，拿出去卖的话应该能卖到五万。”

我脑子里“嗡”的一声：“那现在能卖多少？”

西瓜弟冷笑一声：“现在谁稀罕你那个破号！”

我坐在凳子上，被Z先生捉摸不透的举动和西瓜弟的惊人话语搞得脑子里一团糨糊，心脏开始不受控制地狂跳。下意识瞥了一眼桌子，手机就放在电脑旁。突然觉得，喉咙发紧，干得要命。

结果西瓜弟抢先回我：“你现在是在笑吧。你那点小心思，我还不知道，现在肯定望着电脑露出了痴汉笑，还准备给Z先生打电话吧，虽然不知道说什么，总觉得此时此刻要是听听对方声音也好。”

我：“……”

11

因为西瓜弟比我小一岁，经常“大姐姐”“赵姐姐”“深深姐姐”这样地叫我。

西瓜弟是最懂我暗恋 Z 先生心情的人，经常拿 Z 先生来开涮我，不过偶尔，也会说一两句人话。

有一次，我跟西瓜弟正聊着重庆美女，他突然话锋一转，问我：“深深姐姐啊，我看你这苦恋也恋得可怜巴巴的，要不，你试着表白一个看看？是生是死，一锤定音。”

我想也没想地拒绝：“不要表白，反正我想要的也不多。”

西瓜弟甩了个尔康“我控制不住自己”的表情包：“不懂暗恋少女的心情，不过，他做的有些事情，真的很容易让人误会，天天聊天的人，就算没有什么，也会有点什么的。”

我胸口闷得不行。

他不懂，“喜欢”在我这里，是欲言又止，是百转千回，是伸出又缩回的手，也是没有结果，好过坏结果。

12

春节的时候，发生了一件让我和Z先生都不太愉快的事。

除夕那天一边与Z先生聊微信，一边忙着准备年夜饭，到了晚上十点多的时候，我提前给Z先生打了电话贺新年，因为怕到了十二点热线太忙，我插不进去。

夜空的焰火太美，各种颜色在我的瞳仁上映出光斑，Z先生的声音直直地撞击在我的心上，我心里渐渐升起按也按不住的蒙昧欲望。

西瓜弟曾经对我说过的那些话，在那一刻疯狂刺激着我的大脑。有时候人真的很奇怪，明知道前面是悬崖峭壁，你不跳下去不摔得粉身碎骨，你不懂得那真的会很疼。

所以，我在我跟Z先生都毫无防备的情况下，突然就说："其实，有一件事我一直想说的……"

Z先生的声音在一瞬间安静下去。后来想起来，那天的事真的很奇怪，我没有说完那句"我喜欢你"，他却好像知道我要说的是什么似的，他飞快地截断我。

“我对异地恋深恶痛绝，不会再来第二次。”

我的眼泪一下子涌到眼眶。果然，还是被拒绝了啊！

我开始语无伦次：“我又不是……要跟你在一起……”

老实说，我对我自己也是失望透顶，对他，明明连觊觎都不敢，他总是优秀得那么轻松，我依然普通得平淡，配不上他，可是，我真的很想告诉他，我喜欢他，他在我生命里是一段特别的存在。哪怕，他由始至终都不会属于我。

隔了一会儿，Z 先生问我：“你是不是以为我一直不知道？”

我感到我浑身都在发抖。所以，其实，他一直都知道的。关于我浅薄的眷恋，我蹩手蹩脚、一步步靠近他的小心思，其实他都知道的，他只是装作什么都不知道。

至于为什么？答案很明显了，因为他给予的答案是确定的不可能，所以，他只能用他的方式，保全我那点可怜的颜面。

结束了这段由我开启的荒唐闹剧，阳台瞬间安静了。

我蹲在地上，把下巴埋在围巾里，拼命摇头笑着，明明在笑，从身体里发出的声音却比哭还难听，我死命地控制着自己的泪腺，无法抑制住的眼泪还是一滴一滴地落在围巾上，将之成片打湿。

没想到会这么难过，难过得整颗心要死掉了。

人的一生中有多少次是这样，明知道前面是你撞不开的南墙，却连转身的机会都不想去挽留。

13

Z 先生始终不知道我曾为他掉过这么多泪，因为两个钟头以后，新年钟声敲响，我在我们老家一间香火很旺的寺庙上完新年第一支香，刚从人堆里挤出来，又接到 Z 先生的电话。

我保证，我刚才上香的时候不是求 Z 先生跟我和好！

电话接通时，我们彼此都有点小尴尬，但化解冷场一度是 Z 先生的强项。

等 Z 先生照本宣科地说了一连串新年祝福，我已经完全忘记了两个钟头前的伤心欲绝。

“你那边好吵。”Z 先生说。

“我现在在山上，我们这边有个风俗，新年去庙里烧第一支高香，许的心愿神仙一定会帮你实现。”

“你的心还挺大的。”

“什么？”我讷讷地问。

“没什么……”Z 先生压低了声音，转瞬又换了一副嫌弃的口吻，“那你烧到第一支香了吗？”

“没有。”我们晚上十一点才从家里开车出来，到半山腰，抬头一看，我的妈，豪车从山顶一辆接一辆直接堵到我们眼皮子底下，等我们徒步爬到山顶的时候，第一支香早没了，不过我希望神仙帮人实现愿望的有效名次是前一百名，因为我挤进去上香的时候，敲木鱼的和尚告诉我，我还算在前面。

Z 先生笑：“愿望许好了吗？是不是保佑今年找一个如意郎君？”

“你放心，我今年一定会谈恋爱，我会找一个比你好一千倍的人来喜欢，绝对不会再缠着你。”

Z 先生的语气里听不出情绪：“嗯，那很好啊！”

› 14 ‹

新年那通贺喜电话算是我跟 Z 先生的最后一次联系，之后便没有了电话、没有了信息，他再也没有找我说过话，我也一样。

这种说再见的方式其实一点都不可爱，可是我的确没有办法去改变一切。

Z 先生很少用社交软件晒自己私人生活，我也很难猜测他最近的生活。

那之后似乎过了很久很久，春暖花开的某一个周六，终于听到有关他的一点消息。

孤家寡人的我跑到公司里修改融资方案，开着 QQ 跟烁烁相互吐槽人生艰难。

“对了，昨天 Z 先生突然在网上问我，你知道赵深深最近怎么样？”

后半句鬼使神差地直刺刺地冒出来，似乎听到一声极短、极响的电流声，“啪”的一声擦耳而过，我心跳乱了一拍。

“你怎么说？”

她一向心直口快：“我当然是说你没有嘴巴不会自己问她啊？！”

我想象着 Z 先生被烁烁怼回去一脸无语的样子，就很想笑。那时，烁烁还不知道我跟 Z 先生之间有点情况复杂，亏得她心大，这个话题她说完以后，转头就忘了。

重庆的天气渐热。

这个夜晚，虽然有浅风，我还是因为内心燥热，有些失眠。

我幼稚地把朋友的随口一提搁在心上，久久不能释然，事实上，他是波澜不惊，我却兵荒马乱！

真是不明白，为什么喜欢上一个人那么简单，想要放弃却那么难。要是不喜欢，也可以像风一样，说停止就停止，那该多好！

15

那年5月，因为某些原因，我离职换了新单位。

去新单位上班前还有一段空余时间，正好想出去走走，那时在广州开公司的堂姐问我："有没有港澳通行证，要不你过来，我们也好久没见了。"

我抵达广州第三天的傍晚，在珠江边散步，随手拍了一张"夕阳下的小蛮腰"，发在朋友圈里，隔了五分钟，我又把照片删掉了，因为发照片时候，我忘记把Z先生给屏蔽掉。

但是照片删掉没过一会儿，Z先生还是给我弹了一条消息："你在广州？"

我没回。

大概八点多，我正打道回府，Z 先生的电话也追了过来。

“你是在广州吧？”

我迟疑了一下，“嗯”了一声。

“那赵深深，我们见一面。”Z 先生说。

我们结束通话后，我刚才的理直气壮一下子消失无踪，心脏剧烈乱跳，好像快从胸膛里跑出来了似的，腿也开始发软，脸上发烫。我甚至做了一件极其傻的事，无头苍蝇似的在道路上来回地走来走去，因为我脑子里一团乱，完全没有接下来该做什么的头绪。

› 16 ‹

深圳到广州全程 135.6 公里。

我坐在中山大学西校门外像个傻瓜似的等 Z 先生出现。

近十点半的时候，我看到 Z 先生给我报的那个车牌号，从道路尽头缓缓出现。

车的主人沿着车道，将车停在我面前，熄火下车锁车门，他今天穿了一件 Kenzo 先生的虎头白 T 恤衫，外搭的白格蓝条纹的衬衫和军绿色及膝短裤，这让他有一种干净悦目的气质，而他身后是参天树木、古朴建筑，衣服跟身后的背景很配，一派岭南风情。

Z 先生抬头看我一眼，我也看着他。那久违的目光，让我后背发热，突然有种很酸楚的感觉，涌上眼眶，与此同时，心里有一个声音说，这下是真的糟了。

如果按照电视剧的套路，我们大概会对视沉默很久，从上一集一直沉默到下一集去，事实上，一切并不像电视剧那样缠绵悱恻，当然“缠绵悱恻”这个词也用不到我们身上。

Z 先生很快打破了安静。

他说话了，他的第一句话是：“你瘦了，上次看到，脸还圆圆的。”

我也回过神，回想着四年前我在成都第二次见到他时的情景，他现在的样子，跟从前并没有什么差别，时间似乎对他格外优待，没在 Z 先生身上留下任何痕迹，唯一的改变，大概就是头发短了。

我心里突然冒出一句不知从哪里看来的话：老妖怪，耐磨不见老。

“上次都是两年前了。”我尽可能语气轻快地提醒他。

Z 先生听完我那句话，狠狠地愣了一下，然后做了一个我很不能理解的皱眉的表情：“是啊，都那么久了，快两年了。”

场面一度冷场加大写的尴尬，只有身后学生们的划拳吆喝声能够

稀释掉这种不自然。

我看着他突然想，这人大学时是什么样子？

Z 先生是武汉人，武汉本地念的本科和研究生，毕业后直接进了现在的单位。中秋节生日，今年二十七岁，谈过一个女朋友 Y，已分手，兴趣爱好广泛，个性温和，脑子好用，喜欢打游戏，喜欢漫威漫画和电影。

我再想想，不管怎么想，脑子里关于他的一切也不会更多，我不知道他的家庭背景，不知道他小时候是怎么长大的，不知道他第一个喜欢的女生是什么样子，不知道他未来想做什么事，其实我对 Z 先生一点都不了解。

Z 先生对我的了解，应该也不多。我们只是萍水相逢，与别的萍水相逢相比，可能唯一的区别就是多重逢了几次。

突然醒悟过来这一点，我发现我对他这四年莫名其妙地喜欢以及他开两个多小时的车过来与我的见面，都变得异常滑稽。

› 17 ‹

Z 先生把我面前的饮料拿过去，轻轻拧开瓶盖，一串串细腻的气泡在褐色的液体中升起，在瓶口聚集起快要冒出来的小泡泡。

“你三个月没有跟我说话。”我绝对不是想跟他吵架，但我的口气听着就像是故意找碴儿。

Z 先生笑了笑：“你也没有主动跟我说话。但是，我差一点就去找你了……”

我一愣，Z 先生把手机拿出来，点开一个界面，把手机递给我，我犹豫了两秒才接过去，低头一看，界面正好显示着一张机票订单，是一张深圳到重庆的机票，时间大概是 3 月中旬，但是已经取消了。

我一下子有些晕眩，比他刚才下车站在我面前那会儿还要难以招架。

我把手机还回去，眼睛一眨不眨地盯着他，Z 先生的神色没有变化，但他也看着我，欲言又止。

我们好像都在等待对方说话，一句很有分量的话，不管是他先开口或者我先开口，不管是好还是坏，对我跟他而言都绝对是意义非常的一句话。

但是最后，谁都没有出声，好像是怕声音的震动会打破某个易碎

的东西，而我跟他都承担不起后果。

要很久很久以后，当我和Z先生相知够深，我才能明白当时Z先生心中的那个禁忌是什么，他有过一次很失败的异地恋，如果他决定要跟我一起，相当于又要把从前经历过的困难再经历一次，而且谁又能保证这次就能有好的结果呢？

为了避免难堪的结果，那从一开始就避开好了。

18

"我有一句话想问你。"

"刚才那么多时间你不问，非得等到我要走了你才问。"他想转过来，我没让。

"其实……其实我想问，比如说……我就随便问问……这三个月，有时候我会想你，不知道在我想你的时候，会不会有那么一两次，你恰好也想起了我？"

"有，但比一两次多一些。"比起我的支支吾吾，Z先生的回答爽快得像是没经过大脑思考。

我的思绪，一下子全乱了："还有，我觉得，你今天看上去，好像也有一点点喜欢我的样子。"

"好像已经喜欢了好长一段时间了，所以，应该不止一点点。"

夜风微凉，将Z先生的声音也吹皱了。

"可是……可是你说你不喜欢我的……"

"我可不记得我这么说过，我说的是我不喜欢异地恋。"

我心脏急速跳动起来，快得像要爆炸了，但是我又那么难过。

"但是你怎么可能喜欢我？你才见过我三次！"

"是四次，"Z先生纠正，"而且只见过几次面跟喜欢一个人有直接关系吗？"

我完全失去了立场，毕竟我是第二次见Z先生的时候就喜欢上他的。

我四肢已经无法做出任何反应，手指慢慢松开他的衣服，无力地垂在身侧，接下来我对Z先生说的是："好吧，我知道了，那就这样，你路上小心。"

我跟Z先生说完，Z先生也转过来，看我两眼目光沉了下来，但他什么也没说。

然后我看到他开始翻找衣袋，摸出一颗戒烟糖，拉开我五指，把

糖塞进我手心里。

Z 先生微微低下头看着地面："总觉得分别时不拿点东西给你就这么走，有点不对劲儿。"

那晚我们没有提从前，也没有说未来，但是又把什么都说开了。我就这么心平气和地看着他离开，他依然是那个 Z 先生，没有给我任何希望和肯定的答案。

› 19 ‹

回到表姐家后，我坐在房间里发呆，也许他说的是真的，只是对我的喜欢还不足以吸引他再次对抗一场异地恋。

没过多久，Z 先生先给我打了一通电话过来，"我以为你刚才会留住我的。"

我愣了近半分钟，喉咙发紧："你也没叫我留住你啊！要是没事的话，就挂电话了，困了。"

"不是的，赵深深。"他抢着说。

我没有按下挂断电话的那个红色按钮，静静呼吸，空气中安静了好一会儿，Z 先生才换了一种底气不足的声调："我也不知道我在想什么，我只想告诉你，每次跟你在一起的时候都特别快乐，只有这一

次特别难受，上次见面是两年前，下次见面，就不知道是什么时候了！”

Z先生的车厢里放着淡淡的音乐，仔细听仿佛是Phildel的《moonsea》，Z先生好像把音量调低了一些。《moonsea》是一首很空灵、会让人心情平静的歌，可此时，我积累的情绪突然犹如山洪一样暴发，终于被他给招了出来。

我也不知道，下次再见面是什么时候，也不知道还有没有再见面的时候。

我也不知道，为什么他一句心里话，就能让我所有的理智分崩离析。

眼泪顺着眼角缓慢爬过脸颊，把手机都打湿了，但是我始终没有哭出声来，我最后的骄傲，至少不能让他听见。

我隔了一会儿才说：“刚才你没走的时候，怎么不说，专门浪费电话费，还扰民……”

“你又没叫我留下来，你叫我留下来，我肯定就说了啊！”Z先生轻笑了一声，“其实见了面，有些话就不太能说出来，我就是这样一个不懂人情世故的人，我也很不喜欢这样的自己。”

20

我一直都记得，我是挂断电话关了灯，钻进被子以后，才开始真正痛哭出声的，积压许久的委屈汹涌而来，化成更多的泪水，把我的心搅得一塌糊涂。

几乎是一整夜没合眼的状态。

Z 先生给我的戒烟糖一直躺在我的枕头边，我隔一会儿，就会睁开一只眼睛看一看它。翌日清晨很早就起床了，看到 Z 先生给的戒烟糖一直都在，没有消失掉。

Z 先生昨天的确来找过我，是真实发生过的事。

早上刷牙洗脸时，我看到镜子里的眼睛亮得像抛了光，有点吃惊，这一点都不科学，但事实上，真的就是这样，我真的不像一晚上没睡着的状态。

简单吃过早餐后，时间还没到八点半，我给 Z 先生打了个电话，Z 先生果然还没到单位，然后我就直接对 Z 先生说：“我今天有点想见你。”

这句我想见你，第一次说出这句话好像很难，但是说出口以后心里反而特别释然。

考虑到 Z 先生昨天晚上三点多才抵达公寓，我说：“还是我过去找你吧，我就来看看你，看看你就走了。”

“随便看，”然后他说，“如果你来，我会很高兴。”

这一年我二十四岁，准确地说，还不到二十四岁，我从小到大都是听父母话的规矩孩子，有些贪玩，但绝不会胡闹到出格，即便有几个小前男友，也多少有点像玩过家家似的，顶多牵个手，接个吻都是极少数。

从欺骗堂姐到自己一身孤勇前去见 Z 先生，这些决定在我身上都是空前的。这大概就是狮子座女生的通病吧，要么不爱，要么爱得义无反顾，哪怕早已预见会磕碰得一身伤。

我的备注以前是“赵深深小朋友”，现在已经变成了“醋精”。

我赶紧把备注改了：美少女赵深深。

后来不知什么时候，再登录 Z 先生的社交账号时，发现 Z 先生又把我的备注改掉了。

这次是：美少女郑太太。

Chapter

5

你下午四点钟来，
那么
从中午十二点起，
我就开始感到幸福

深深的喜欢的小时光

01

发生了那么多意外后，哪怕只是隔了几小时再见他，我总有种恍若隔世的感觉，雀跃、欣喜、紧张，紧张到手都不知该往哪里放。尽管如此，我还是装作对他根本不上心的样子，用我一贯不着调的口吻天马行空地乱答，就好像我们之间什么都没发生过。

我突然想起一件事，把之前过春节时去庙里给他求的护身符拿给他。

我说："不能沾水，最好贴身带，带够一整年就可以扔掉了。"

Z 先生接过那个护身符前前后后翻看了一下，他收起了笑看着我："烧第一支香的时候求的？"

"啊！"我竭力不去想那天晚上发生的不愉快，我说，"我也不知道你最想要什么，所以祈求的内容蛮随大众的，不过是万事顺意、身体健康之类的，当然，这个护身符放在本人身上应该会好一点，其实昨天就该给你的，只是忘记了。"

Z 先生换上一本正经的神情望着我，眉毛微微皱着，望了一会儿，他突然开口，说："你迎新年大半夜排几小时的队就为了求这个？"

Z 先生把护身符放进了钱包，然后说："这么说起来，你上次借给我的运气，我都还没还给你呢！"

我用玩笑口吻威吓他："对啊，我的运气可是很贵的，你还我的时候我要加收利息的！"

Z 先生把钱包又拿出来，钞票一张一张抽出来放在床上。

"够不够？还不够？要不把银行卡密码也告诉你？"

我笑："这些都不行，你得用别的东西换！"

› 02 ‹

我发现只要不去想我喜欢他，但是不能跟他在一起那件事，我就会特别快乐。

其实，深圳那两天还蛮好玩儿的，所有的行程 Z 先生都已经安排好了，正好天气热，可以去沙滩玩儿海。大小梅沙人多，去西涌，带上帐篷，晚上可以在沙滩住一晚，第二天一早起来看日出。

翌日去海边，快出发的时候，才知道还有四辆车跟我们一起过去，

Z 先生说都是同事，人多一点好玩儿点，还可以相互照应一下。后来晚上吃饭的时候才知道原来一起打 DOTA 的大白和娇哥也在。

虽然花了点时间，Z 先生一个人也把我们的帐篷搭好了，里面空间很大，我在里面来回打滚完全没问题，而且下面垫得很厚，也不觉得硌人。

“帐篷只有一个。”我说。

“你睡，我铺张垫子睡外面，反正也睡不着。”

“别说我欺负你啊，是你自己要睡外面。”

他笑：“不过你晚上要是邀请我进来，我也不会拒绝的！”

我觉得一点都不好笑，瞪了他一眼：“圆润地滚走！”

换好衣服就准备下海了，Z 先生给我挑的那套泳衣是 body pops 这个牌子，设计到颜色都很少女，少女的我都有些不好意思出去，我换衣服的时候，Z 先生站在外面好像是在等我的样子，换了一条亮蓝色沙滩裤，裤腿边角有美国队长的盾牌标志，还是很养眼的。

要下海的时候，Z 先生先试了试水深，才对背着充气游泳圈的我招招手，叫我过去，他扶着我手臂让我扑腾一阵，又把我往更深一点的地方带。

我发现他为了陪我，自己都没怎么玩儿，问他会不会无聊。Z 先生想了想说："是有点无聊。"

"那你去陪你同事吧，我看到他们在那边冲浪。"

Z 先生说："那好吧，我松手了。"

没等我反应过来，Z 先生把我的游泳圈抽走了，自己也松了手，我直接往下一沉，只听得耳朵里咕噜咕噜的水流声音，说不害怕其实是假的，但很快有两只手深入水下架着我的胳膊把我捞了起来。

我被救起来起码愣了一秒，才伸出拳头要打 Z 先生。

Z 先生也没躲，只是开怀大笑，然后他说："其实一点也不无聊。"

我吃了个闷亏，有点生气地踢了他一脚。

› 03 ‹

在海里泡了一天，傍晚上岸后，我换了一件白 T 恤衫和一条短裤，然后等着吃饭。

Z 先生拉着我给同事做了一个简短的介绍，大白当时拿着纸杯装白酒，刚敬完我，Z 先生便对大白说："赵深深就是猴子。"

大白当即一口酒呛进喉咙眼儿，咳得天翻地覆，我转头看 Z 先生，

他坏笑了一下。娇哥听到Z先生说我就是猴子，端起纸杯过来敬我第二次，又在我耳边小声说：“我就知道你们两个有问题，我猜中了前头，竟然没猜中结局。”

我赶紧澄清：“不是你想的那样。”

娇哥格外有深意地看我一眼：“可是Z先生昨天跟我们说，要带一个人来，我们问是谁，你猜他说什么？”

我似懂非懂地摇头，娇哥睁了睁懒洋洋的眼皮：“女朋友。”

我脑子好像有一个轰炸机飞过，“啪啪啪”丢下几颗炸弹后消失无影，却把我整个人炸得魂飞魄散，于是惊悚地望着娇哥，娇哥漫不经心地指了指Z先生所在的方向：“别瞪我，瞪你男人去。”

然后一个轻盈转身，摇曳生姿地走了。

完全不知道是带着怎样的心情回到餐桌旁，Z先生正坐在凳子上和同事聊天，我看了看余下的空座，挑了一个离他有点远的座位，坐下以后默默啃玉米。

隔了一会儿，Z先生转过头略微诧异地看着我，他说：“你坐那边干什么，那边是别人的座位，你过来。”

我又不傻，这个座位明明一直都没有人。我朝左右看了一下，朝右边移了一个座位，离Z先生更远了一点。

Z 先生："……"

接下来，Z 先生跟朋友说了几句，端着杯子朝前走了几步，走到我旁边的位子旁，无视我并坐了下来。

他用听上去就很没感情的语言对我说："你以为你不过来我就没有腿吗？"

我一颗玉米粒差点呛进喉咙里，咳了半天才缓和过来，但胸口的位置，心脏一直怦怦怦跳得厉害。

› 04 ‹

晚餐是自助烧烤，Z 先生胃不太好，没吃什么东西，也不许我吃太多，怕我闹肚子。后来有人端来一盘生鲜，里面有虾、生蚝、青口之类的，之前一直冻在车载小冰箱里，现在洒上柠檬汁配上芥末酱油可以直接吃。

Z 先生给我拣了几只虾放在饭盒里。

我吃虾从来都不剥壳，而是直接把虾蘸酱后咬一截在嘴里，把虾肉吃掉后再把壳吐出来。

那天一定是被吓太多次了，脑子一直处于运转不顺畅的状态。Z先生过一会儿望我一眼，皱了皱眉。

“好吃吗？”

“嗯，好吃。”我根本不敢对视他，垂下头，细细咀嚼。

“你吃虾都这么吃？”

“嗯，我不喜欢剥壳，觉得脏。”

“是啊，多吃点虾壳也挺好的，补钙。”

虾……虾壳……我把嘴里的东西吐到碗里，果然，我是把所有的虾肉都扔掉了，默默地吃虾壳吃得津津有味。

我赶紧把虾壳倒掉，满脸发热，又不敢抬头看Z先生了，看着汗涔涔的手心：“我今天……有点不正常……”

“嗯，看出来了，但是我从昨天开始就不正常了，所以你不用那么紧张。”

我回望他一眼，Z先生已经戴上塑料手套开始剥虾，我在脑子里想了想，还真没看出他哪里不正常。

Z先生微微侧下头的样子，发梢划过眉心的样子，还有烁烁曾经说的性感的单眼皮，单眼皮上浓密的睫毛，一切都像蝴蝶扇动翅膀一样，撩动着我的心。

我一定是非常非常喜欢这个人，所以看他，什么都觉得好。

Z先生把剥好的虾放进我碗里,我吃了好几个。他问我:“好吃吗？”

“你剥虾的样子那么帅，虾都变得特别好吃了呀！”完全是发自肺腑的真情告白，唯一的问题就是太发自肺腑了。都怪娇哥乱说话，他一定是不知道“饭可以乱吃、话不能乱说”这句话，现在我所有的理智矜持自制都被他戳崩。

话音刚落，我看到Z先生笑了，完完全全的一个大大的微笑，我的心又开始乱跳，快要呼吸不过来。

› 05 ‹

吃过饭以后，大白组织一群人到沙滩上玩游戏。规则说起来也挺简单的，有点像抢板凳，三秒内要和有数字的人拥抱，大于这个数字和小于这个数字的人都要被淘汰。

游戏开始前，Z先生在后面偷偷对我说，自从西瓜妹走了以后，大白一蹶不振了一段时间，后来他去给新进员工培训的时候，又遇到了另一个刚毕业的女孩子。

“他在娇哥那里交了学费，闭关修炼了整整一个月，才敢去追人家。”

“那女孩子对他也有意思吗？”

“我不知道，但是……”Z先生坏笑了一下，“你看着吧，一会儿两人铁定抱在一起。”

果然不出所料，两轮以后，大白从组织者的身份变为参与者，哨声一落下，他就抱住了一个栗色长卷发的女生，两个人嘻嘻哈哈笑作一团。

又过了一局，组织者喊的数字是“1”，大白还抱着那个女生不撒手。

一群人起哄。

女孩脸上挂不住，装作要捶他的样子：“人家喊的是‘1’，谁也不用抱，你干吗还拉着我不放？”

大白红光满面：“追了那么久好不容易才有机会抱住你，我怎么舍得放手。”

Z先生和我互换了一个心领神会的眼神，然后躲在一边偷偷笑起来，引得旁边的人都投来奇怪的眼光。整个玩游戏的过程，我跟Z先生都没有那么“巧合”地抱在一起，只不过有几次人群跑散了，有人冲过来就近想抱我时，Z先生一把把我拉到了他身侧，表示我们才是一组的。

那时候他也只是拉我胳膊而已，每局胜负一定，他就松开了手。后来拉拉扯扯的，我回觉过来时，他已经拉住了我的手，不管游戏进行到哪一步，都没有松开。

我心里小小地甜了一下，装蒜般把手抽了回去，眼睛看着别处，只不去看他。

› 06 ‹

那天闹到很晚才睡觉，我在帐篷里面翻了一会儿，不知道翻到什么时间，烦躁地钻出来。

动作明明不大，却把 Z 先生吵醒了，Z 先生迷迷糊糊地问我：“上厕所？”

“不，衣服裤子里全是沙子，我想弄一下。”

“要不去冲澡间再冲一次澡？”Z 先生有点烟嗓，睡醒以后的声音，低沉沙哑还蛮迷人的。

洗澡间的水是连接的管子直接放的自来水，晚上水温比白天明显

低好几度，冷得我直哆嗦，我出来后，Z先生看我一直在搓手臂，去车上取了一件薄外套给我穿上。看看手机，时间也就三点多，再等两个多小时就能看日出了，我和Z先生都睡不着，就沿着海岸线散步。

那天晚上的月亮很圆很白，升得不算高，沉沉地压在大海上面。

但夜色足够撩人，浪潮一波接一波拍打着沙滩，前面的路像是永远没有尽头，而风突然吹过我的小腿，带起一阵凉意，一切像电影镜头里那样缓慢优美。

我们两个在沙滩上一路都在笑，我的“人”字拖鞋底薄，又是泡沫的，老是陷在沙里，Z先生就蹲在我面前，让我把脚从鞋子里退出来，他让我光脚走路，接着他把我的鞋子浸进海里，荡掉泥沙，拎着我的鞋子，把手背在身后。

我静静地侧过头看了他一会儿，估计是我的目光过于灼热，他低下头久久看着我，我笑了一下，别开视线直视前方。

那时候真的没有想太多，娇哥跟我说的话我也认为是他在开玩笑，于是像鸵鸟一样，什么都不去细想，把头深深埋进自己的世界，单纯地享受跟喜欢的人在一起的这一刻。

翌日，Z先生送我回酒店。在计程车上，我打着哈欠，手机突然收到一条短信，是 Z 先生发来的，我很诧异，看向他，他闭着眼睛在休息。

“在一起吧。”短信上他这么说。

我当时回复的好像是：“哎，我们不是一直在一起吗？”嗯，当时我以为的在一起，就是我们没有走散的意思。

然后下车后，这人替我开门朝我伸出了手，我正想他什么时候这么客气了，连下个车都要扶一下，把手伸了过去，结果这不扶不要紧，一扶这人直接把我带沟里了……哦，不对，是顺势拉怀里了。

我本能挣扎了两下。

这人手臂收紧，有点不高兴的样子，低声说：“干吗？造反啊！”

› 07 ‹

说到被喜欢的人第一次拥抱时的感觉……我第一反应既不是开心死了，也不是百感交集到流泪，我好像每次到了这种关键时刻，反射弧都挺长的。

起初，是有点蒙，任由他抱着，肢体僵硬面无表情。

这人小小地吸了口气："赵深深同学，你被喜欢的男生抱了脸都不红一下吗？"

他这么一说，我的脸刷的一下红了。同时，心里毫无征兆地涌起一千种情绪，记忆里似乎才唤醒他刚才说过的一句话，心脏开始剧烈跳动起来，眼前的一切都变得极其不真实。

"你刚才说什么在一起？"

"在一起，就是字面上的在一起！"

我突然有些生气，一激动，眼眶就红了，嗓子也发涩，我埋怨似的口气都快哭出来了："可是你之前明明就说了，异地恋很难的，你说你不想异地恋的嘛！"

我知道那一刻我脸上又哭又笑小孩子耍赖般的表情一定很滑稽，但是 Z 先生竟然偷偷笑起来，笑得很温柔。

我给了他一个恨恨的白眼，又继续抹泪，他才轻声像是用嗓子眼儿哼出的那种语气说："异地恋是很难。"

"然后呢？"

"但是那又怎么样，我就是很想你，每天累到不能动，睡前还是会想到你，当然，也更想见你。"

还是那种轻飘飘的语气，飘进我耳朵里，钻进心里，打了个转儿，我脑子里木木的，他的话我听见了，也明白。其实，我也是，唯一与他不同的是，我一直以为只有我自己单方面用心过头。

Z先生又看了我一眼：“还有这两天，你明明玩得很开心，但突然一下子，会有个很难过、很茫然的表情，我都不知道该怎么办才好了，异地恋真的会辛苦哦，到时候你因为太辛苦而哭鼻子我可不会管你。”

原本我还想再向他确认一次，现在看来，已经不用多问了。Z先生伸出手摸了摸我的头，接着用拇指拨了拨我的眼睫毛，这个温柔的动作让我的眼泪决了堤一样地涌出来。

Z先生从衣袋里拿出纸巾帮我擦鼻涕眼泪，捏了捏我的脸，我钻进他的怀抱里，抱住这家伙的腰，手却不知道放在哪里，同时感觉到他微微低下头，拍着我的肩膀回应我，这样，我似乎才感到经历过剧烈患得患失后的安全感。

那时，脸刚好在他胸前，伤心之余，一直担心糊掉的粉底会不会蹭脏他的衣服。但是，我又舍不得放手。不知站了有多久，Z先生有点耐不住性子了。

“赵深深同学，你还准备抱多久？”

“没抱够，我想这个抱抱想了好几年了。”我闭着眼睛一点都没有不好意思地说。

然后，Z 先生：“……”

08

有的事情就是这么奇怪，我喜欢的人开来回四小时的车来见我，他说，没有什么目的，就只是想看看我。

然后，我喜欢的人说，他刚好也喜欢我。

最后，我喜欢的人说，在一起吧。

这些在之前是完全不敢想象的事，但是，它们真的全部成真了。

然而，很多时候，我们都以为只要能和自己喜欢的人在一起，就是完美的结局，其实，一切不过是新的问题的开始。

记得 Z 先生说在一起的那个晚上，他送我回酒店后随口说了一句，第一次看到我为他掉眼泪，没想到还挺可爱的。

“看来我以后要经常惹你哭。”

然后我说："你滚！"

等很久很久以后回想起来，当时Z先生的话倒也说得不假。的确是为他哭的，只不过，根本不是第一次为他哭，诚然，也绝对不会是最后一次。

› 09 ‹

跟Z先生在一起后，Z先生给我修改的第一个备注名称是"醋精"。

那次Z先生带我去真冰溜冰场。我穿着那个溜冰鞋虽然不至于跌倒，但技术实在是糟糕，Z先生带着我溜了几圈，我撇开他，想自己试试。结果等我再回过神来，看到Z先生正带着一个女孩子在溜冰，一股酸劲儿一下子就顶到我喉咙口，然后我靠着自己不靠谱的滑行技术，跋山涉水溜到Z先生身边。

笑眯眯地看一看女孩，又看一眼Z先生，心里已经闪起了警示灯。

Z先生也不知是真傻还是假傻，丝毫没察觉到危险正在靠近。原来Z先生刚才不小心把这个跟我一样溜冰技术不佳的女孩子撞倒了，Z

先生把她扶起来以后，女孩就跟Z先生简单聊了几句，并且，对话还朝着“你能不能带我溜两圈”这个方向越走越远了！

我笑着看了一眼Z先生，平心静气地说：“那你教她一下，我去休息区坐一会儿。”然后指了一个方向。

我刚转身没溜开几步，Z先生就从身后追上来，抓住我的手，我生气地甩了两下，没甩掉，朝他翻了个白眼：“您这位名师在哪里都有自告奋勇的高徒，怎么不多陪陪人家？万一一会儿又跌倒了怎么办？”

Z先生笑得眉开眼笑的，轻轻松松就把我的手抓过去握在手里，反手十指完完全全地扣在一起，拉着我朝前面猛冲。

他说：“牵稳了，不然别人不知道我是你男朋友。”

10

后来晚上去吃饭时，我翻开Z先生的手机，发现他的社交账号上，我的备注已经变了，以前是“赵深深小朋友”，现在已经变成了“醋精”。

我赶紧把备注改了：美少女赵深深。

后来不知什么时候，再登录 Z 先生的社交账号时，发现 Z 先生又把我的备注改掉了。

这次是：美少女郑太太。

我一下子就笑出声来。

那个备注再也没被动过。

11

关于和 Z 先生的第一次正式牵手。

在确定关系以前，也有过一两次肌肤上的触碰，但确定关系后，Z 先生却一直没有牵我的手，莫名就觉得浑身上下不对劲儿。

从早上离开酒店时，我就盯着他的手看，一直等他主动来牵我，但是 Z 先生没有。他开车的时候，我还是盯着他的手，Z 先生瞅我两眼，一脸莫名地把手拿到衣服上蹭了两下，我继续盯，Z 先生又皱了皱眉头："赵深深，你别盯着我，会出车祸的。"

然后他喝水的时候，我还是死盯着，Z 先生只喝了两口就喝不下去了，把手放了下来，我还以为他终于发现了问题，结果他把水瓶递

过来：“你是不是口渴？”

我：“……”

后来我想，他不主动，那我就主动吧，反正一直都是我主动。我们走在一起的时候，我从他左边绕到他右边，又从他右边绕到左边，几次出击，竟然还是一无所获。

然后我就火了，Z 先生一开始还不明所以：“我惹你了？”

“惹了！”

“比如说……”他望着我笑。

我声音逐渐小了下去：“你为什么……不牵我的手？！”

我脸皮厚是厚，但是怂也是一流的，面对着 Z 先生我总是各种紧张加不自信。

后来想想，好像我们之间一直是这种相处模式，他永远都是气定神闲的那个，我永远都是慌乱无措的那个，注定要吃点苦头。

Z 先生“哦”了一声，挺从容淡定的口吻说：“哦，原来你是在烦恼这个呀，你身份转变得太快了，我还没反应过来呢！”

“那怎么办？”

“那给我一秒的系统更新时间吧，”隔了一会儿，Z 先生看了看手表，“一秒到了。”

他把手伸出来，努了努下巴：“来，牵吧。”

我默默把手伸过去，我的右手被Z先生拿过去，他把我的手轻轻地合在他的手上，他的手很大，手指直长，没什么肉，相反我的手就小得多，还肉乎乎的。

当我看到两只手合在一起时，就像完成什么历史性大任务似的，开始一个劲儿地傻笑。

Z先生看着我傻笑的样子也忍不住大笑起来：“这下你满意了吧？”

“满意！”

“给好评吗？”

“给，八星八钻好评！”

12

我回重庆的那天，Z先生来机场送我。

一开始他就坐在机场的休息长椅上，看着堂姐夫和堂姐对我千叮万嘱，然后装作跟我不认识，和我隔着人群大眼瞪小眼。

等堂姐夫和堂姐走了以后，Z 先生才跑过来陪我去办托运，然后 Z 先生转过头来看着我：

“为什么来送个机都要搞得像地下党接头？”

我脸一红：“你……你应该知道的，他们还不知道你的存在呢！”

Z 先生“哦”了一声，着意回想了一下：“既然我不存在，那我就给自己找一点存在感吧，现在就上去做个自我介绍。”

我吓得赶紧跳到他跟前，双手推着他胸口，把他往后推，一边求他别过去。

后来我随口问他：“如果刚才你真的见到我堂姐堂姐夫，准备怎么介绍你自己呀？”

Z 先生笑着把我拉过身，半搂在怀里，揉了揉我的背。

“会说，我是赵深深的男朋友。”他的声音从头顶传过来。

我头埋在他臂弯里，心里有种开出花来的幸福感，有点萌动，还有点甜。

› 13 ‹

上次在广州分开的那个晚上，Z 先生走之前摸出一颗戒烟糖塞给我。

到了机场这一出，也没有少掉这个必要环节，Z 先生搜遍全身，我看他半天没拿出个东西来，就抱怨：“如果你还是给我戒烟糖我就不要了。”

“嗯，不是戒烟糖，找到了，你把眼睛闭上。”

我乖乖把眼睛闭上：“是八克拉的鸽子蛋还是道森伯格的车钥匙？”

我话音刚落，Z 先生捧起我的脸，吻了我。

我全程是蒙的，只是眨眨眼睛看着他，整个脑子都是空白，最后是怎么过的安检，怎么上的飞机，怎么坐在了座位上，我都完全没有记忆。

等到空乘开始播放安全提示，我才稍微恢复一点神志，下飞机后我给 Z 先生拨了电话，告诉他我到了。

Z 先生又恢复到那种很平静的状态。

“我刚才，表现得是不是太糟糕了？”我忐忑不安地问。

Z 先生笑了一下，然后压低了一点声音：“还不算太糟，至少，你是甜的。”

14

异地恋比我想象中要麻烦得多，好像有些能体会 Z 先生不喜欢异地恋的原因。

明明我是有男朋友的，但是这个男朋友，跟没有也没什么区别，他不会在你饿的时候给你买吃的，不会在你累的时候陪你加班，甚至在你电脑坏掉的时候，他都没有办法给你修电脑。

但是 Z 先生说，前两点的确没办法保证，但是第三点他还是可以出点力的。

“怎么出力？”

“只要不是主机出问题，我可以远程操作。”

我：“要是亲亲抱抱也可以远程操作就好了。”

Z 先生：“嗯？”

Z 先生的工作真的很忙，忙得我们一个星期连五个小时以上的视频通话时间都没有，有的时候 Z 先生晚上给我发语音通话，我都已经不知道跟周公约会几次了。

但有时候，异地恋大概也有些好处。

每一次见面都是成倍的感动，因为在一起的时间特别短，所以每一分每一秒都特别珍贵，当然，在每次说再见时，也会带给你成千上万倍的难过。

› 15 ‹

有一次跟 Z 先生聊天，说到早上下雨，挤公交车去另一个地方办事，那个司机明明看到我在后面挥手，竟然一脚油门，直接开走了。

“于是在等下一班车来的时候，我等了整整一个钟头。”

“那你怎么不走快点？”

“穿着高跟鞋和 A 字裙，迈不开腿！”我想了想又说：“也可能是司机大叔不够美貌，如果是你的话，我就跑着去见你了！”

有一天中午下班，下楼去附近便利店买饭，排队的时候 Z 先生给

我打电话，问我在干吗？

我说吃饭。

Z 先生说："你上次是不是说，如果是我的话，你就跑着来见我。"

"是你的话，光着脚我也跑。"我笑。

他说："那好，赵深深你回头，朝星巴克露天吧座那边看。"

我脑子嗡的一下，立刻跑了出去，总有那么一两个人，会让你即便穿着憋脚的高跟鞋跟局促的 A 字裙，也会拿出跑八百米长跑的力气朝他飞奔而去——因为是太重要的人，用走的方式根本来不及。

简直不敢相信，但是 Z 先生真的就出现了，就站在星巴克的绿色遮阳伞下，面带温柔地看着我，就像神仙似的，嗖的一下就出现了，当然他比神仙还好，神仙还许愿呢，Z 先生不用许愿就出现了。

我简直要爱死他了！我跳起来给了他一个大大的拥抱，一头撞在他胸口上，撞得两个人都痛得龇牙咧嘴。

"30 秒，你高中体育一定不及格。"然后 Z 先生说。

"这绝对是我有生以来最快的速度了。"我望着他，目不转睛地盯牢他，好像怕眨眨眼他就会飞走似的。

› 16 ‹

那时我还在渣打银行上班，信贷部主管特别古板，只有他手下的职员特别难请假。

我看着白纸上的阿拉伯数字，心思早就飞到九霄云外。Z 先生就在附近咖啡馆坐了一下午，一直跟我发消息说不要急，慢慢做，别把几千万的账算错。

Z 先生专程跑这一趟，只和我一起吃了一顿晚饭。

吃过饭 Z 先生就要去机场了，他不让我去机场送他，他送我回公寓小区，然后打了个计程车就要走了。

“不许追车，不许哭，早点回家洗澡睡觉。”他在车里面看了一眼，突然自顾自就笑起来，我正想问他笑什么，他抢先一步就说，“你放心，在路上我会一直想着你的，不会看别的女人。”

我本来挺伤感的，又笑了，说实话，哭着笑和笑着哭，都是女人最丑的样子，但是在 Z 先生面前，我总是露出最糟糕的样子。

那天晚上，一直等到深夜，才等到 Z 先生给我发的平安短信。

Z 先生说：“这次走得太急，没有给你带礼物，你记下来，是我

欠你的。晚安！”

尽管我们刚分开不过几个小时，思念他的煎熬已是剧烈得让我疯狂。

我多么希望，一天能有四十八个小时，我一点都不吝啬，愿意用自己余下的寿命来交换。

17

我跟Z先生的恋情，最先知道的是娇哥和大白。

Z先生也不想刻意隐瞒，而娇哥跟大白知道后反应很平静，就是那种“我早就知道是酱紫的，如果不是已经有小宝宝这种劲爆消息，你们完全不用通知我们了”。

Z先生微笑脸：“好的，下次再通知你们的时候，请准备好一万块。”

大白和娇哥几乎是同一时间，在群里弹出那个“are you kidding me”的表情。

我作为旁观者有些云里雾里的，问Z先生：“一万块是什么意思？”

等很久很久以后，我跟Z先生结婚的时候，娇哥跟大白一人送上了一万块礼金，我才恍然大悟当初这个梗到底是什么意思。

有时候想问他，是不是那时候他已经有考虑过我跟他之间的未来？

但是我没有问。或许是因为，后来的我已经不急着去求一个肯定的答案，来安抚心中对他患得患失的害怕。

"你那边的月亮是什么样子的？"。

"我们看的应该是同一个月亮。"

"你知道吗？想念一个人其实比喝中药还苦。"

"知道我刚才在想什么吗，赵深深？"

"想女人吧……"

"嗯，在想赵深深什么时候不想做美少女了，可以考虑一下做我太太。"

Chapter 6

我爱你，
第一句是假的，
第二句也是假的

01

国庆大长假前夕，烁烁让我带着 Z 先生一起去见她，其实我知道她的主要目的，就是担心我，想试一试 Z 先生对我到底是闹着玩玩，还是真心的。

然而 Z 先生在成都吃的第一顿饭，就感受到烁烁的来者不善，我赶紧埋头喝水，我现在说我完全不知情似乎已经来不及了。

气氛一度很尴尬，我打着圆场："吃菜吃菜，菜都要凉了。"

烁烁瞪我一眼："吃个火锅怕什么菜凉？"

我立马按住胸口："哎哟，给我一颗速效救心丸，快点，呼吸不过来了。"

02

到了晚上只有我和 Z 先生单独相处时，Z 先生面无表情地对我说：

“方烁韵这张嘴啊，让我感觉刚从甲方手中死里逃生。”

我被这个比喻逗得笑个不停。

过了一会儿，我又问Z先生：“你妈和我同时掉水里，你真的先救我？”

Z先生看我一眼，缓缓道：“我妈长年冬泳，游的还是长江。”

› 03 ‹

深夜的时候，烁烁果然给我发了微信。那时候我都快睡着了。

她在微信中说：“我告诉你，我不是因为这个人交代个人情况的时候态度还算诚恳才放过他的，我只是真看得出来，你很喜欢他。我知道，如果他不开心的话，你会难过，如果你难过，我心里也不会好过。”

微笑在我脸上，同时也在心上越堆越多，多到觉得温热而沉重。

早就知道会是这样。

没有长篇累牍的煽情字眼，我只问她：“如果有一天我跟这个人分开了，我又很难过，你会帮我捅死他吗？”

我们有共同相处的二十多年时光，把彼此心知肚明的话赤裸裸地

挑白，那实在是没有身为知己的默契。

她果然回我：“不会，我为什么要为了你杀人坐牢？”

“假闺蜜！”

“但是我会帮你扇他两个耳光。”

我笑了起来，想了想又发给她一条语音：“如果有一天，我跟这个人分开了，我又很难过的话，记得给我留个可以让我安安静静舔伤口的地方。”

“你放心吧，到时候我会把我家那口子从床上踹下去，分你半张床。”她说。

说完以后，彼此道晚安，关手机，闭眼睛。

我想我很幸运，拥有烁烁这样的朋友，她像家人一样陪你成长，知道你的好也知道你的坏。

她是真诚又永远不可动摇的存在，她一直在那里，用她的力量保护你，爱着你，为你的幸福而感到真心幸福。

› 04 ‹

大白特别喜欢逗我，经常跟我洗脑，Z 先生是一个坏人，我这只无辜小白兔被他那条腹黑大灰狼骗了。

“有一次我们上街，就遇到那种一堆漂亮的女孩子抱着可爱的玩偶，站在街边邀请人扫二维码送公仔。”

“然后呢？”

“我们一群人都扫了码，领了公仔准备走人，Z 先生就问邀请他扫码的那个妹子，你喜欢机器猫还是皮卡丘，那妹子就红了一下脸说机器猫，然后 Z 先生就说，那我要皮卡丘，这个机器猫你自己留着吧！”

结果，晚点我与 Z 先生开视频时，我就特别不高兴，只要长了双眼睛都看得出来我不高兴，醋味很大。

Z 先生就问我：“要怎么样才能让我们家小朋友笑一笑呢？”

我白他一眼：“你喜欢机器猫还是皮卡丘？”

Z 先生一脸困惑。

“等你想清楚了再联系我吧！”

然后我就把电脑和手机一起关了，一两天没联系他。

05

大约是隔了一两天，大白在网上向我求救，说Z先生压着他的出差申请报销单手续是齐全的，但是一直不给过，让我在Z先生面前帮忙求求情。

大白把自己说得太可怜了，我只能勉强答应下来。

找Z先生求和，又有点拉不下脸，思来想去，于是给他先发了一个“Sn=n(n+1)/2。”

在焦躁中几乎等了一下午，Z先生终于给我打了通电话，说刚结束开会，然后他说：“我倒是小看学渣赵深深同学了，竟然还知道求和公式。”

听到他的声音我特别高兴，又有一点点害羞：“那你接不接受呢？”

Z先生冷着声音说：“我不接受。”

我：“你为什么不接受？”

“求和应该有点诚意，我根本不知道我做错了什么就被宣判出局？”

Z先生知道我生气的原因后，冷笑：“自家红杏不管，闲得没事

老跑到别人家后院放火，我应该把他的出差报销单再压一个月。”

我眼前立刻出现大白跪坐在地上哭唧唧的样子，心脏不由一抽。

我老实承认：“我非常……非常不喜欢你随随便便对别的女孩子好……而且，可能是我不能天天见到你，一丁点拈酸吃醋还有不安，都会随着我们之间的现实距离，无限扩大。”

他又沉默了一会儿，沉默到我心慌。

但很快，他说：“我知道了，以后不会了。”

我涌过一阵暖意。与此同时，手机“叮”的一声，弹出一条短信——一条周五从重庆到深圳的航班信息。

他继续说：“既然距离让你不安，我们就尽快见面吧，还有那个你想知道我喜欢的是机器猫还是皮卡丘，等你周五过来我在机场告诉你。”

他的声音一如既然地温和，我却被他这个突如其来的举动感动得很想哭。

所以，你知道的，为什么我对这个人如此难以割舍，我总以为他带给我的会是失望大过惊喜，但事实上，一直以来，他给我的都是惊喜远超失望。

06

跟 Z 先生第一次一起去欢乐谷，大白也带着新女友跟我们一起。娇哥这个大大的电灯泡就亮在两对情侣之间，一点没有我很碍眼的自觉。

有一个游玩项目叫急流勇进。因为天气炎热，那天我穿的是一件质地较薄的白 T 恤，排队的时候，Z 先生看了看前面，然后把自己的黑色 T 恤脱了，递给我。

我看到他这么……这么……总之，就是身体一僵，语无伦次，大脑短路。

“穿上吧，免得一会儿衣服弄湿。”Z 先生一脸淡定，好像没穿衣服的根本不是他而是我。

“可是我们不是有这种发的塑料雨衣吗？”

“刚才看了一下，估计不顶用，刚才已经有人走光了。”

我连忙“噢噢噢”，红着脸把他宽大的 T 恤衫往身上套。

娇哥对大白说：“你看他们两个，应该是这世上最秀的情侣了，服不服？”

大白没有回应他，而是默默看了自家妹子一眼，也把上衣脱了，光着上半身，给穿黑色打底碎花裙的妹子套上。

娇哥立刻把怨恨转移到大白身上，并给了他一个华妃式白眼。

接下来，娇哥做了一个让我叹为观止的动作，他也把自己的上衣脱了，搭在手臂上。

我瞠目结舌，娇哥依然面无表情，光着上身用不屑的眼神从我们身边走过，站在了我们这队人的最前面。

最后，我们五个人上那辆游戏车时，所有玩家还有工作人员都不约而同地看向了我们，当然站在最前头的娇哥，不仅为我们吸引住了绝大部分目光，还承接了无聊游客的手机闪光灯的宠幸。

而下车时，果然他们三个都被逆向的急流扑得浑身湿透。

› 07 ‹

跟 Z 先生在一起，我经常会受到来自智商上的压倒性碾压，有段时间我在准备专业考试，即便跟他在一起晚上都是开着电脑在学习。他在我身后看了一会儿，说："学得还挺认真的。"

我一脸开心。

他顿了顿："就是这笔记做得……一眼看上去花里胡哨，仔细一看其实没什么技术含量。"

我说："你行你上啊！"

结果这个人就真的把我从座位上赶开，帮我整理笔记。被他整理过的学习笔记，去粗存精，特别简洁突出考点。

当然，更令我羞耻的是，这个学物理的竟然还顺手帮我改了两道错题，然后说连基本的加减法都算错了，你对数字那么不敏感为什么要学金融。

因为喜欢钱？后来才发现这些钱全都不属于我。

不管怎样，我还是对他佩服得五体投地，赶紧抓住这个现成的马屁："你念书那会儿的笔记一定写得很漂亮，要是挂到网上去不知道能卖多少钱？"

Z先生的表情一如既往很平静："哦，我念书那会儿没有记过笔记，也从没有写过错题本。"

"为啥？"

"我错过的题不会再错第二次，没有再专门记笔记的必要，然后嘛，我高中三年错过的题加起来也填不满一个笔记本。"

他拍了拍我的肩：“不必自惭形秽，本来学渣与学霸的距离就像隔着不见边际的汪洋大海。”

我：……

› 08 ‹

有一回他到重庆来，我租的房子晚上停电。我们也没有外出，我就说：“我们来比赛背圆周率吧”。

圆周率我大概能背到十八位，小时候被我妈拿着木棍抽出来的。长大后我才发现，周围的人背圆周率都没我背得长，当然也发现，圆周率位数会背得多跟数学成绩好没有半毛钱关系。

不过小时候，因为会背十八位数的圆周率，还是被好多长辈夸奖过的。

我洋洋自得背完以后，Z先生也开始背，而且很快就超过了十八位。

我再次感受到了如泰山压顶般的压倒性碾轧。

Z先生问我：“还要继续吗？”

“不用了，”我接着用贱兮兮的口吻给自己找仅存不多的安慰：“你

知不知道爱秀智商其实也是一种心理疾病。”

Z 先生：“……”

09

渐渐习惯上依赖 Z 先生，不管是遇到什么问题，总是第一时间就想找他帮我，因为他总是能给我最优答案。

我从事的行业决定了我不得不不停地考试考证。奈何天赋不高，厚厚的财务书税务书，繁杂的数字，我常常看着看着因为看不懂就开始打瞌睡。

Z 先生见我领悟力如此之差，无奈，只能自己看完以后给我讲，然后我一下子就懂了。

有一天，Z 先生问我：“你知道我从小到大花时间最多的学习是哪一个吗？”

“托福？跨专业考研？注册电气工程师？”

Z 先生皮笑肉不笑地牵牵嘴角：“不，是辅导你学习。”

我在他面前已经形成没脸没皮条件反射性拍马屁：“可是你教得

很好啊，稍加点拨，不开窍的木头也能点木成金。”

Z 先生丝毫不为我的谄媚所动：“你不是说我，爱秀也是一种病吗？”

“每次被你碾轧的时候，我脆弱的自信心都碎成一地渣渣，但是，每次被你碾轧后，我想的是，他刚才一脸傲娇指点江山的模样，真是超级性感，不愧是我喜欢的男人。”

“呵……”Z 先生冷笑，一个“呵”字里，包含多少“我就看你继续吹”。

然后他接着说：“你这么说，我很欣慰，同时，也觉得我以后可能会活得不是很长……”

“为啥？”

“照顾你累死的。”

› 10 ‹

Z 先生说他念书那会儿，属于严重偏科型。对于拿得出手的数理化特别自豪，一上语文课就全身发毛。

英文他自己说一般般，托福虽然一次性过，但是只考了101分。

说到考托福，我想起他曾经是要出国的，就问了当时为什么拿到了学校的offer还是没有去。

我很庆幸，在这段故事里，没有听到他前女友Y的名字。他只是告诉我，当时他爸爸生病，要做一个手术，其实并不是很大的手术，但是他爸爸还是很担心如果上了手术台就下不来了，害怕临终前见不到Z先生最后一面，所以逼着Z先生放弃了国外的学校。

当然，后来Z先生爸爸的手术很顺利，只是，一个选择的改变，也是一个人一生的改变。

我听完以后问Z先生："那你是不是一直以来，想到这个事，心里都像扎了根刺。"

我知道，他看起来对很多事都满不在乎，但他其实是很骄傲的一个人，对于自己想要做的事，有一种执念，要么不做，要做就一定要成功。

果然，Z先生对我说："去美国念研究生，算是我的理想。很长一段时间，我一觉醒来，躺在床上，会觉得自己不应该在这里，应该在我想在的地方，做我喜欢做的事。"

我正想说点什么，他突然刮了一下我鼻子，又笑："不过现在已经没有那种很不舒服的感觉了，毕竟一觉醒来，身边多了个赵深深呢！”

› || ‹

Z 先生偶尔也会智商宕机，表现特别蠢萌的一面。

有一回开车走在一条上坡路的单行道上，一只大黄狗突然跳到车头前方，不走了。Z 先生下车去看情况，回来后，挺严肃地告诉我，那只狗可能要生小宝宝了。说完，他就下车去挨个敲排在我们车后面其他车，跟那些司机说好话，让他们等几分钟再走。

我知道他有铁汉柔情的一面，但是还是被这个举动再次圈粉了。

一边沾沾自喜：“啊，我家汉子啊真是个温柔又善良的好人”，一边也下车，走到车头，看到那只 Z 先生口中正要“产崽”的狗子……额……怎么说呢？我想，这只狗大概不管是从生物进化论的角度还是从伦理角度，这只狗是不可能产崽的，因为，它是一只公狗！

我侧过头看了一眼不远处的 Z 先生，觉得脑壳有点痛，果然这人，除了对猫公母不分，对狗也公母不分！

› 12 ‹

有一回去深圳见Z先生，正好遇到台风天气。Z先生快下班的时候，我就提前半个小时在他公司楼下接他，他下楼来的时候，雨已经下了一阵了，然后他就很不高兴地说，怎么不在酒店等我。

“我还以为我来接你，你会很高兴呢！”

“嗯，是挺高兴的，”Z先生笑了一下，然后扑克脸，“但是我只有一把伞。”

那时Z先生的车坏了，正在4S店里维修，从公司到酒店走路大约要十几分钟，我们说走一段路打车吧，遇到这种天气，计程车要么不出现要么就是坐满了人。

我跟Z先生商量，还不如走回去。Z先生说不过我，答应了，一起走的时候，他很绅士地把伞往我头上遮，我看到他肩膀那一块全部被雨淋湿了，就推着他的手把伞往他那边带。

Z先生把我往他怀里拉，叹了口气：“别闹，怕你感冒。”

我愣了一下，心里一下子就软化了。

我们在狂风暴雨中走了一截子路，我突然叫停，在他一脸困惑中，我蹲在地上，帮他把裤腿往上卷。

“裤子都沁湿啦！”

Z 先生举着伞，像是被下了定身咒一样一眼不眨地盯着我，我也一眼不眨地望着他。

他眼神突然变得温柔，然后把我从地上拉起来：“你上来，我背你，你打伞。”

我红着脸点了点头，慢手慢脚地爬到他背上。紧贴着他的背时，我整个人都轻飘飘的。

› 13 ‹

Z 先生要去新加坡参加一个会议，他出差那段时间，晚上我们开着视频聊天、听音乐。那段日子，我特别迷王若琳的《亲密爱人》，不厌其烦地放给 Z 先生听，一遍又一遍。

Z 先生对我说：“知不知道，梅艳芳也唱过一个版本的《亲密爱人》？”

“我还真不知道。”

“我妈特别喜欢这首歌，小时候我们家还住我爸单位分配的房子

里，我妈经常一到周末，大清早爬起来把那种老式录音机音量拧到最大，一边放歌一边哼歌，一边做家务，我妈以前还算爱时髦那种，不上班的时候穿衣打扮都是学那时候的港产电视剧，所以一放歌，别人就老朝我们家的窗子里看，我爸心里就急，老是去关窗子，说老婆太漂亮了，舍不得给别人看。”

我笑得不行。

“我妈其实一点都不漂亮，就他当个宝贝。”

“那你妈妈一定很感动。”

Z 先生浅笑一声：“并没有，我妈是一个很讨厌扭捏的人，她老觉得我爸腻歪得烦。”

“你这么一说，我也突然想起一件事，我妈是一个我爸没在，就特别能干，但是我爸一出现，我妈就突然变得连茶杯都端不稳那种女人，每次她跟我爸爸一起出门，要么挽着他的手臂，要么整个人都挂在他身上。我记得小时候有一回，我跟他们去逛灯会，一路上两个人都是手牵着手，有说有笑，中途我打了个岔，一转身就看到我爸竟然骑着自行车载着我妈走了，两个人还是说说笑笑的样子，一点都没想起还有一个我，后来还是警察叔叔把这个弃童送回家的。”

Z 先生在视频那头连连大笑。过了一会儿，他说：“深深像妈妈。”

“哪里像？”

“在我面前总像个生活不能自理的幼儿园小朋友，但是我不在的时候，赵深深同学不管什么事都能处理得很好，从不让我担心。”

我的心微微地颤动了一下，这种感觉说不上好，有点酸。

玻璃窗外，墨蓝色的天空里悬挂着一个暗淡的毛月亮。

“你那边的月亮是什么样子的？”我问。

“我们看的应该是同一个月亮。”Z 先生轻笑了一声。

“你知道吗？想念一个人其实比喝中药还苦。”我自言自语。

Z 先生那边小小地安静了一下，他再出声时，声音温和了一些：“知道我刚才在想什么吗，赵深深？”

“想女人吧……”

“嗯，在想赵深深什么时候不想做美少女了，可以考虑一下做我太太。”

14

大白和娇哥第一次来成都旅游。下午在机场接到他们四个人，然后直接去了酒店，在登记信息时，大白和娇哥看到我另开了一间房而不是和Z先生一起住，露出了看怪胎的眼神。

娇哥甚至用安慰的口吻对我说："猴子妹妹，你什么时候甩掉Z先生了，我绝对理解也绝对站在你这边。"

Z先生给了他一个霸气十足的白眼。

晚些时候，带他们逛完锦里、宽窄巷子这些景点，大家回酒店休息。

我洗完澡躺在床上，有些睡不着，给Z先生发了个"？"。

Z先生很快回我："在。"

我："你还没睡？难道娇哥打呼噜？"

Z先生："没打呼噜，他说他半夜可能会梦游，如果摸我大腿希望我见谅，于是我怕到瑟瑟发抖夜不能寐。"

然后我手贱也发了一条："我也想摸你大腿。"刚发过去，正想撤回时，Z先生的消息就弹过来了。

"开门，我过来了。"

› 15 ‹

我又惊又喜，一时又特别懊悔，因为我的睡衣真是太丑了。

我把门打开后，Z 先生就进来了，一开始别扭了一下，我还是把我床的一半让给了他。然后，什么也没发生，由于那是我第一次跟 Z 先生同床共眠，太兴奋了，话特别多，Z 先生虽然有点困，还是耐着性子陪我聊天。

一直聊到近四点，我才微有睡意，Z 先生把耳机分我一个，我们听他 iPod 里的歌。

我不知道什么时候睡着的，迷迷糊糊中间又醒了一次，我半眯着眼，发现自己的头压在他的手臂上，而他的另一只手把我的左手握在手心里。

“我还是想摸一下你。”我想到什么就说了。

Z 先生没说话，眼睛依然紧闭，牵着我左手的那只手，把白 T 恤掀开，拉着我的手往里探。

摸了一下，痴汉附体的我心满意足，继而兴奋地感叹：“啧啧啧，摸起来光滑得都不像真的。”

Z 先生没有回答我，闭着眼睛鼻息沉静，好像已经睡着了。

但是我却睡意全无，此时此刻，不能与人分享我的内心感受，我觉得有点寂寞，同时一个罪恶的念头在脑子里一闪而过，既然睡不着，那我再摸几把？反正他都睡着了。

我内心也没怎么挣扎，就果断地向Z先生再次伸出了魔爪，不过，手刚碰到衣服还没伸进去，这人猛地按住我的手，微眯着眼睛，瞪我一眼。

“赵同学，你是不是非要诱惑我犯原则性错误。”

我：“嘿嘿……”

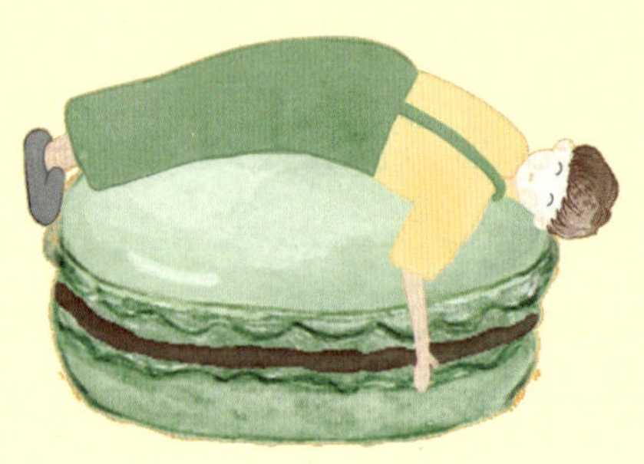

› 16 ‹

跟 Z 先生在一起后，天南海北去了很多城市，每个地方的机票我都好好保存着，后来我们分手的时候，我认真数了数，加上我们最初相识的地方，我们竟然一起待过十二座城市。

有段时间，Z 先生做一个项目，被调到北京待了大半年，我当然是秉承着千里寻夫的原则，一有时间就跑去见他。

有一回，Z 先生忙得脱不了身，只能让我自己一个人从机场坐大巴进城，再换乘地铁去他工作的地方。我到了目的地，门卫不许我进去，我在附近花坛坐了一整天，怕打扰他工作，也没跟他说我到了。

北京的春天风大，临近晚上七点，Z 先生才从厂区里出来，北京的天黑得又早，路灯总是不那么亮堂。Z 先生一边给我打电话一边朝外面走，光是看到灯光照亮了他的背影，还没有看到脸，没有看到整个人的轮廓，我眼泪都要掉下来了。

就是觉得很委屈，同时想不明白，自己为什么要那么委屈。

Z 先生看到我后惊讶不已：“你不是说你找同学逛街去了么？”

他真是傻透了，这个时间是个正常人都在上班，除了豪门阔太，谁能陪我逛街。

我钻进他怀里，手放在他薄毛衣上取暖:“这附近本来就比较偏僻，我怕你突然说有时间了，我没办法第一时间赶过来见你。”

顿了顿，我又激动得瞎蹦跶：“我想你想得要命。”

“命你还是留着吧，我不想以后都见不到你了。”Z 先生用他的大衣把我结结实实地裹起来，揉了揉我冻得麻木的脸，“风把我们家孩子都吹呆了。”

接着又说了一句：“你这样……搞得我都想辞职了。”

只要他一句话，就释然了我心里所有怨怼。

再有骨气的人，也会因为爱而变得容易妥协。

“不过也没关系，就算是我要喜欢你很多很多很多很多很多，你才会喜欢我一个很多，但我会多努力两个很多，换你多喜欢我一个很多。”

“其实，有一句话我很早就想告诉你了，我很幸运，赵深深及时出现在了我生命里，在我对爱情已经丧失希望，想要将就的时候，她来了。”

7
Chapter
全世界
我只想你来爱我
深深欢喜的小时光

01

跟 Z 先生一起出去逛景区，没想到他对文化和建筑还懂不少，总能给我说出一些建筑特色啊，装饰典故什么的，皇城根下本来就有很多故事，好像每一块砖每一片瓦，都来历非凡。

在颐和园的时候，Z 先生跟我讲回廊上装饰画的讲究，有旅行团带过来的游客，本来是跟着导游走，可能是听到 Z 先生讲得特别细，又特别有意思，就跟在我们身后，然后人就越来越多，说话声音越来越大，我都快从他身边被挤出去了。

Z 先生没有办法，转过身跟围过来的人说："对不起，我是她的私人导游，只能给她一个人服务。"

我一下子就笑了，很喜欢他说这句"只能给她一个人服务"，就好像我是最特别的。

不知道为什么，突然想起很多年前，他在国外怒怼某国人时的场景，虽然本质上完全是不一样的事，但心还是怦怦怦一阵乱跳。

02

可能是水土不服，下午回了酒店，我就开始不舒服，吃不下东西，全身很烫，但也不是发烧。在床上躺着躺着，后来就发现是大姨妈来了，比预测软件上的时间提前了一周多。

迷迷糊糊睡着，中间醒了两次。第一次是 Z 先生把我叫醒的，不知道从哪里搞到了红糖醪糟蛋，坐在床边一口一口地喂我吃下去。

第二次是听到洗手间的灯亮着，从里面传出洗衣服的声音。

Z 先生洗衣服？但是 Z 先生出来以后，真的手里拿着我那件因为打翻炸酱面而弄脏的外套。

他把衣服挂空调下面吹，自己洗过澡后钻进被子里，拿着手机翻看东西。

“你全身都是凉的。”我抬头望着他笑。

“但是你很热。”他垂眼看着我。

都十一点多了，反而精神好了一些，开始找 Z 先生聊天。

问的问题也很奇怪。

“好像从我们刚认识你就叫我小朋友，其实你也没有那么老，我也没有那么小，以前老觉得这个称呼怪怪的，现在还算适应了。”

Z先生想了想说：“第一次遇到你的时候，在埃及那次，还记得吗？”

我点头。

“有一天，好像是中午吃过饭吧，我站在饭馆外面抽烟，而你呢，也在外面，蹲在一个角落处，等方烁韵从厕所里出来。我现在都还记得你那个样子，戴着个黄色的西瓜帽，穿浅蓝色背带牛仔裤，白色Tee，太阳很烈，晒得你眯起了眼睛。我看着你那个样子，好像幼儿园小朋友放学等家长来接，等得一副不耐烦又很委屈的样子，当时我就想，这是一个小朋友。”

“后来还有一次，不记得是什么时候了，好像是你跟你的同学一起吃饭，后来我来接你，你喝了酒，电话里跟我报地址的时候，口齿都不伶俐了，当时我叫你蹲在酒吧门口等我，哪里也不许去，然后你就真的蹲在MUSE门口一直等我，我找到你的时候，隔着一条街和来来往往的人流，你就傻乎乎地朝我挥手，生怕我看不到似的，”他笑了一下，“我感觉好像我是来接小朋友放学的家长。”

我身体一阵热，心里一阵暖：“如果你是我的家长，那我岂不是该叫你papa。”

他侧过身来环抱着我，一点不客气：“唉，乖女儿！”

我："……"

03

隔了一会儿，我又对 Z 先生说："我现在感觉到，你好像有点喜欢我了。"

"我喜欢你啊，不知道你从哪里看出我不喜欢你的？"他说。

我说："不知道，可能因为我喜欢你多一点的缘故，始终有点患得患失的，比如我们牵着手在路上走得好好的时候，我就会忍不住突然踮起脚亲你一下，我看到什么好吃的都想着，好想给 Z 先生也尝一尝，看到美丽的风景，就想着要是 Z 先生此刻在我身边就好了。你总是能轻易掌握我的喜怒哀乐，哪怕你并没有在我身边，但是如果换了是你，可能就未必，因为你的世界里有很多比我还重要的东西，如果有一天世界末日，我第一个一定会想到你，但你第一个想到的一定不是我。"

Z 先生沉默了一下，没有说话。

然后我继续说："不过也没关系，就算是我要喜欢你很多很多很多很多很多很多，你才会喜欢我一个很多，但我会多努力两个很多，换你

多喜欢我一个很多。”

我抬起头，Z 先生脸上的微笑已经不见了，很认真地看着我，眼睛里有一点光在闪动。但是他终究没有说什么。

我把头放回他胸口，深深吸一口气，感叹，这人闻起来味道可真好，只是不知，能不能一直闻下去。

翌日早上醒来，他不在，但是他的手机在。

手机没锁屏，备忘录是打开的，里面有他写的一段话。

“昨天晚上我一夜没睡着，原来我一直是个不合格的男朋友，不知道你心里装了那么多事。其实，有一句话我很早就想告诉你了，我很幸运，赵深深及时出现在了我生命里，在我对爱情已经丧失希望，想要将就的时候，她来了。”

04

基本上，每次跟 Z 先生分别，我都会哭。

某一次送 Z 先生离开的时候，他每次一说我进安检口了，就开始挥泪如雨，已经走出去的 Z 先生又掉过头来，抱着我，哄我。时间一点点地流逝，到了已经不能再拖延下去的时候。

我只能依依不舍地把Z先生推开。

转身时脚有千斤重，心情恰好印证了那句话，刚一分别，就想念，挠心刮肺地想念。

我走了几步，把望着地板的眼睛抬起来，一愣。

眼前就像出现幻觉一样，Z先生就站在我不远处笑微微地看着我，然后朝我伸出双臂，我想也没想就一头扎进他怀里。

“你不是已经进去了吗？”

Z先生用两只手臂牢牢地包围着我，一只手擦着我脸上的水迹：“我刚进去以后问安检，能不能再给我两分钟，我女朋友哭了，结果那个安检看了看周围，说已经看我们两个好久了，破例再给我们五分钟。”

我心里感动得不行，默默给安检点了一万个赞，望着Z先生说：“我口袋里还有一块巧克力，一会儿你进去感谢他的时候记得给他。”

Z先生嘴角有一丝难以察觉的笑意：“这块巧克力嚼起来他估计会觉得有点酸。”

他说完，低下头，一只手撬起我的下巴，吻我，而这个吻在我这里，则变得格外放肆疯狂。

05

Z先生每次和我见面，都会送我一件礼物，虽说算不上价格不菲，但至少我这种普通出身拿普通薪水的普通人是舍不得买的，平时背Coach、Tory burch，穿淘宝。

一直以为直男一向对女生喜欢的东西还是没有太大的概念，就好像女生的淡妆在他眼里就是素颜，也永远分不清口红的牌子和颜色，但Z先生买礼物还是蛮得心应手的。

我第一次背一个正版的Gucci去上班，单位姐姐们连连夸我这个高仿买得不错，跟真的一样。

然后回家我就各种怨念。

“我以后还是在淘宝上买假的好了，背真的也没人看得出来。”

Z先生笑得不行：“你可以试试把衣柜清仓，以后就不会有人说你背的是假的了。”

“难道我要为了搭配一个包而让自己破产！”

Z先生再次笑得不行，然后说：“你可以刷光我的卡啊！”

我愣了一下，突然没了脾气：“算了，马云爸爸才是我的最爱，以后你别给我买这些乱七八糟的东西，别以为你这样就能收买我对马云爸爸的一片赤诚之心。”

Z 先生狂笑不止，隔了一会儿，他又突然严肃认真起来：“你应该多向我要点东西，不要每次都想着替我省钱，现在这个情况，我除了给你这些，也没办法给你别的了。”

猛下了一剂重药，说得我差点又难过得不行。

直男也有落坑的时候，有好几次，他去国外出差，回来给我带的东西果然是重复了，光 Speedy 我都有三个一模一样的。

我兴师动众，Z 先生可怜巴巴地解释：“没办法，它们放在架子上对我来说全都长得一样。”

……

› 06 ‹

我跟西瓜弟在彼此身份曝光后，也见过几次面。

西瓜弟单位时不时会发各大影院的电影票，作为员工福利，西瓜弟一个人，又懒，电影票常常放到过期，看得我怪心疼的。

后来有一天，我们还是一起去看电影了，他出电影票，我就买零食和水。西瓜弟去取票的时候，Z先生突然打电话来了，电影院很吵，说话听不清楚，没说两句，Z先生就要挂电话了。

这时西瓜弟就隔着老远喊："深深姐姐，没爆米花了，全是薯条可以吗？"

本来要挂电话的Z先生突然沉默了，这种突然沉默，让我莫名其妙紧张了一下。

隔了大约十几秒后，Z先生又说："深深，我想你了。"语气特别特别温柔。

我一下子甜到不行："我知道了。"

Z先生："你呢？"

我："我也想你。"

Z先生嗯了一声，突然跳转话题："你是跟朋友一起看电影吗？看的是什么？"

等西瓜弟拿着东西过来的时候，我已经把手机开好了视频，Z先生在视频里跟西瓜弟礼貌地打了个招呼，西瓜弟的薯条都差点落到地上了。

他用无辜的眼神望着我，我眨巴眨巴眼："我男朋友说，他也很

想看这部电影，要跟我们一起看。”

西瓜弟嘴角抽搐：“怎么看？”

“就这么看。”

于是，在电影院里，我就跟Z先生开着视频看完整部电影，整场观影过程中，Z先生特别安静，可能手头也在忙别的事，但当西瓜弟想把手伸到我怀里的食品桶里捞薯条时，Z先生就会咳嗽两声。

后来，西瓜弟一句多余的话也不敢跟我说了。

很多很多天以后，西瓜弟在网上敲我：“那天，你男朋友真的看懂了那部片子？”

“对啊，我回家去以后我们还讨论了很久。”

西瓜弟给我一个白眼三连翻：“见过省钱的，没见过这么省钱的。”

› 07 ‹

Z先生有时候对我要求很严格。有的严格对我来说，完全就是小题大做，刚开始我们因此闹过不少矛盾。

有一回Z先生来找我，我们开车去成都玩儿。我坐在副驾驶就一直吃东西，Z先生嘲笑我说吃得像个松鼠似的。中途出了一个小意外，我不小心把装零食垃圾的口袋撒了，什么瓜子壳杏仁壳，顺着车窗全落到了大马路边上。

Z先生就把车停下来，叫我把路边的垃圾捡起来。

我觉得专门下车捡垃圾，很丢脸，不想下去。

当然，最后还是没有拗过他，硬着头皮下了车。

而我下车后，Z先生就把车“轰”的一脚油门开走了，但没过多久，Z先生人就走过来，陪我蹲在地上一起捡垃圾，但是彼此都没有说话。

后来收拾完残局，跟他回到停车的地方，重新上车，整个车厢里的空气是凝固的，他试图找我说话，我完全没说话的心情，然后他也不说话了，手指有一下没一下地敲着方向盘。

等一个长达一分钟的红灯时，有上了年纪的老婆婆端着一个簸箕，里面是黄角兰花，敲我们车窗。Z先生把车窗摇下来，让我拿两串，付了十块钱给她。

老婆婆点着头说着谢谢，摇摇晃晃地走了。

我本来想把花系在后视镜下面，Z先生叫我把花拿给他，我翻了个白眼，把手伸过去，Z先生的右手一下子握住我的左手，拿到嘴边吻了一下。

我没好气地把手往回收："刚才捡了垃圾没洗手！"

他又不肯放："没关系，是香的。"

我觉得又好气，又好笑，真是拿他没办法。有时候想一想，他喜欢管我，也未必不是为了我好，如果没有他甘愿做坏人的训导，我又怎么会变得更好。

› 08 ‹

有过一次印象很深的经验，每次出去的时候都特别注意扔垃圾的问题。

有一回我们去一个海岛，晚上去走沙滩时，我嘴馋，带了些小零食边走边吃。

走了一截子路后，发现竟然没有垃圾桶，我嘴巴停下了运转，Z先生察觉到异样，侧过头问我："你嘴巴里那两颗话梅是要含到明天早上吗？"

"没有垃圾桶……"我含含糊糊地说。

Z先生就把手摊出来："吐我手上呗。"

我红着脸迟疑半晌，还是死不要脸地把核吐他手上了。

夜色浓稠，海风轻拂，沿着漫漫长长的一段海岸线，蜿蜒璀璨的荧光海藻一直深入峡湾里去，沙滩上的人照相的尖叫的很多，Z 先生的手心里装满了我的话梅核，碧根果核，还有吸过鼻涕的纸巾，细沙漫过脚背，Z 先生敞开的衬衫被风吹得肆意飞扬，沙蟹鼓着小泡泡一溜烟儿跑得没影。

突然就想到这就是理想中的，简单似田园牧歌的生活。

▸ 09 ◂

跟 Z 先生刚在一起的很长一段时间里，都觉得他属于不解风情那类人。

比如说，我上班堵车了，戴着蓝牙耳机一边开车一边对他说："重庆这交通堵得跟便秘似的，说好的畅通重庆呢？"

Z 先生答："你可以坐地铁呀！"

我："你这样子就不讨女孩子喜欢了。"

Z 先生："哦，好吧，标准答案是什么？"

我：“你应该说，你来我心里吧，通往我心里这条路不堵。”

Z 先生：“……”

然后 Z 先生又说：“果然我骨子里是理工男，这样的浪漫我想不出来。”

但是不久后，听说娇哥谈恋爱了，我晚上跟 Z 先生开视频：“娇哥的新女朋友长得怎么样？”

“反正没我女朋友长得好看。”

我愣了一下，缓缓展开了姨母笑，翘起的嘴角好半天都舍不得放下来。

在我的怂恿下，Z 先生的画风逐渐变了，朝着我希望的方向走。

比如有一回，他跟着我回家，我站在门口翻包拿钥匙时，这人朝包里张望了两眼，面无表情：“你是不是忘带东西了？”

我：“没有啊！”

Z 先生：“我把我的心交给你了，你把它扔到哪里去了？”

我一愣，然后望着他两眼发光，发自内心的笑真是忍都忍不住，咧开嘴朝他笑。

Z 先生竟然露出略带恐惧的眼神，并且把我扒在他胳膊上的手拿开。

我顺势拉着他的手搁在我胸口，自动代入了身患重症韩剧女主角的角色，声情并茂：“欧巴，你的心这么珍贵，我肯定把它锁在我的最重要的保险柜里，也就是，我的，心脏！”

Z 先生冷不丁地打了个哆嗦，然后抽回自己的手，哆哆嗦嗦地从衣兜里拿出打火机，像个受了气的小怪兽，跑到通风口默默抽了支烟。

10

有一回一起看电影，前面一对情侣，左边又一对情侣。那天明明看的是一部科幻动作片，没有什么煽情的感情线，也不知道是哪里不对，前面那对情侣在片头过了以后就开始亲亲。

我贴着 Z 先生的耳朵说：“光天化日，伤风败俗。”

Z 先生没有说话，我还以为他跟我意见相投，没想到这个人转过脸，一只手捏住我的下巴，亲了一下我的嘴巴，就像之前的无数次亲吻一样，他总能把这个单纯的吻变成一个撩人的吻。

他松开我以后，我有点不好意思，Z 先生却说：“不能输给他们。”

然后整场电影，我只看了个大概，等电影结束以后，影院的灯亮

起来，人群开始往外走，我听到坐我们后排的两个中学生在聊天。

“前面那个十七次，不知道有没有数错。”

“左边那个二十次应该是有的。”

“中间这个应该也有二十次。”

我抬头，刚好与说中间这个二十次的小男生四目相对，小男生的脸刷的一下就红了，而我的脸也红得发烫，立刻埋下头，好想扒个地缝钻进去。

11

有一回跟娇哥、娇哥的新女友还有大白一起吃饭，大白对 Z 先生充满了鄙视，忙着向我告状：“妹妹，你家这位身体素质不行啊，上次跟他一起去北方出差，发现这家伙竟然带了一条秋裤！”

Z 先生无奈地瞟他一眼：“我南方人能跟你北方人一样吗？我怕冷啊，老寒腿你不懂？”

大白：“你血气方刚的年纪，哪里来的老寒腿？”

Z 先生：“因为赵深深小朋友。”

所有人都用看熊猫的眼神看着他。

我："跟我又有什么关系！"

"每次跟她接吻都腿软，久而久之，腿的基本功能全线退化。"

所有人全看向我。

我："……"

后来在回去的路上，我幽幽地对他说："你现在怎么这样！"

Z 先生一脸蒙："我怎样？"

我："就是……那样，你知道我说什么……"

Z 先生恍然大悟："哦，这个……你不是喜欢吗？"

"突然好怀念以前那个古板无趣的 Z 先生。"

"嗯，你后悔也没用，我挺喜欢我现在这个样子的，已经变不回去了。"

"……"

12

有一回 Z 先生临时加班，晚点给他打电话时，他才反应过来加班加到饭都忘记了吃，我没告诉 Z 先生，就在手机上给他点了宵夜。后来外卖小哥给我打电话，说电话联系不到人，公司已经关门了。

我想可能是 Z 先生已经下班走了，所以对外卖小哥说，饭麻烦他帮我处理一下，费用我照付。

再晚一点，和 Z 先生联系的时候，我问他在干吗？

Z 先生拖着疲惫的嗓音说他在吃我给他买的饭。

“你不是已经下班走了吗？”

Z 先生愣了一下，听完我的解释以后，才缓缓地说：“后来跟对方联系上了，我又打车过去拿的。”

我有点不知该说什么好，Z 先生沉默了两秒后笑起来：“因为小票上备注栏写着，麻烦外卖小哥哥送快一点，我怕男朋友饿。我不能让别的男人替我尽这个男朋友的义务。”

我看不到他的表情，他的回答听起来像一个玩笑，我却笑不起来。

我一直没吭声，Z 先生听到我没有发出笑声，很久以后，他又说了一句：“我怕你心意落空会失望。”

这句带着淡淡的疲惫的语气的话像是一记绵拳，打在我的心口，眼睛微微有些发酸，我没有哭，只是眼睛进沙子了。

那是我第一次意识到，在这段艰难的异地恋中，并非只是我单方

面地付出和崇拜，其实Z先生也付出了相衬的心疼与挂念，也在努力喜欢着我，只是，他从不像我这样直接坦白地表现出来。

› 13 ‹

如果你很迷恋一个人，那么你始终会觉得你配不上他，你总是不由自主地担心，会有失去他的一天。

跟Z先生在一起以后，我越来越喜欢他了，喜欢他的好，也喜欢他的坏，当然，不安也在心上越积越多。

某一个夜晚，我洗完澡钻进被窝，跟Z先生挂着视频聊天。

Z先生那时候在看一本书，帕慕克的《纯真博物馆》，女主人翁是帕慕克小说里，男主人翁凯末尔的小表妹，他们曾经相爱，后来分手，凯末尔为此很痛苦了一段时间，后来他做了一件事，建了一个博物馆，里面放的全部是曾经恋人的东西。

“那是保存爱人回忆的堡垒，现在伊斯坦布尔还有这个博物馆，最让人惊叹的是里面有一面墙，全是女主人翁抽过的烟，一共4313个烟头。”

我笑："那我是不是从今天开始，也要收集你抽过的烟头了。"

Z 先生笑着说："那就不用了，我开不起博物馆。"

后来我说："你把那本小说念两页给我听吧，我一会儿就睡了。"

Z 先生就在我耳边，把故事念给我听，那是一个很平淡却又略带悲伤的故事。

"这个太长了，而且有点难过，你讲一个很短很温馨的那种，我听完好睡觉的。"

"嗯，好。"Z 先生把书放在一边，"我给你讲一个四个字的爱情故事。"

我闭上眼睛说准备好了。

"我最爱你。"

有那么短暂的一瞬，我几乎不能呼吸，什么也不能想，心里一块悬浮的大石，缓缓下沉，终于落到一堆绵实的棉花上。

我说："这还是你第一次，跟我说爱这个字。"

"不是第一次。"

"那我怎么不知道？"

"有一天半夜我被你的胖腿压醒了，看着你的挤成一堆的大胖脸，突然觉得很可爱，于是就对你说我爱你了，你当时还醒了，也对我说最爱我，这种事你竟然都能忘？”他笑。

我哑口无言了一下。

Z 先生突然说：“爱这个字很沉重。能够轻易说出口的，顶多只是喜欢。”

14

我不知道 Z 先生为什么会在今天晚上，突然跟我说这个事，以他的性格来说，能够说出这么多肉麻的话，的确很难。

不管怎么说，能听到他在我清醒的时候说爱我，我很幸运，说“我爱你”三个字看上去是一段感情关系中的一件小事，但是只有说出来，才会让对方知道，他真的需要你，你很重要。

我心里有点开心，又有一点小难过，难过是有点酸涩的滋味。我不知道我一直在等的，是不是就是这样一句肯定。

“很好，你今晚成功地让我失眠了。”

“我今晚看来也要失眠了，你都不说你也爱我。”Z 先生特别遗憾地叹了口气。

我笑了："你怎么知道我没说呢？我在心里说了一千次，一万次，只是你听不到。"

他也笑了笑。

接着，我幼稚地问 Z 先生："你说我下辈子还能跟你在一起吗？"

"你怎么知道你上辈子没有这么问过我呢？"

在最后中断视频以前，我说："我不要知道是从什么时候开始的，不管是上辈子还是从昨天，我不想要它结束，我要你永远爱我，你可以做到吗？"

他爽快地答应说："好。"

› 15 ‹

突如其来的告白，让这一晚的后半夜变得格外甜美。

这次谈话，似乎让我跟 Z 先生的关系更亲近了一些，但我知道我们之间还有些小麻烦，需要磨合，一些类似于情侣之间心意相通，彼此信任的麻烦，还有，我心里还是缺乏安全感，可能，我还是需要时时刻刻用各种方式去确认，他其实真的很喜欢我。

我不知道什么时候才能学会克服这种缺点，或许等到我年纪更大一点，就有足够成熟的阅历去保持一颗平常心，也有可能，等哪天不是那么喜欢他了，就不会这么不安。

不管怎么说，今晚我只需记得最珍贵的一点：有些很重要的话，谁来说都可以，唯有一个人说，才会带给你独一无二特别的感觉。

全世界，我只想要你来爱我。

喜你成疾，药石无医。

每次看到‘我们’这两个字，以至于我很长时间都在回想我们在一起的某个场景。我肯定我现在比我想象中更爱你。

所以，如果我做了什么让你失望到想跟我分手，我希望，你能再坚持一下，再给我一次机会。

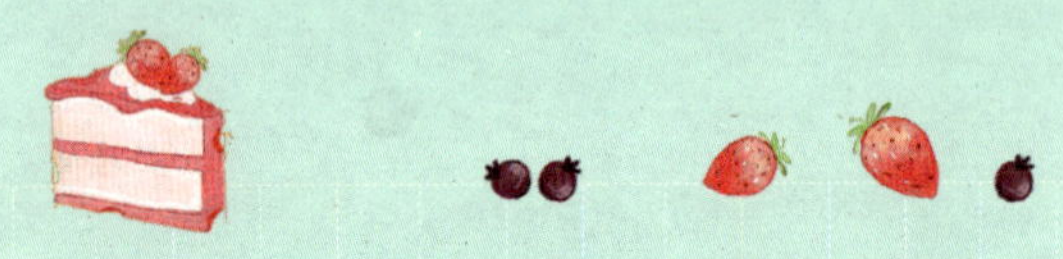

Chapter
满心温柔是为你，
揪心到疼也是为你

› 01 ‹

我跟 Z 先生也是会吵架的，这跟爱的浓度有多少完全没有关系。

有一回我们在商场里因为一点分歧，闹得很不愉快。

我当时说了一句：“你看别人家的男朋友，对女朋友都是千依百顺。”

Z 先生说：“那别人家的女朋友也不像你这么不懂事。”

“那你就换一个女朋友，去找别人家的女朋友呗！”

他眼睛也不眨一下，竟然说“好啊”！

然后我们就分开了。我自顾自地跑去店铺里试衣服，而他不知道跑到哪里去了。等我试完衣服出来，准备朝商场正大门离开，那人坐在正大门旁的 Coast 的卡座上，叫我的名字。

我走过去没好气地问他：“你不是去找别人家的女朋友了吗？”

他说：“是啊，可真巧，刚还真遇到一个，又漂亮又特别投缘，刚才我们在一起喝咖啡。”

我看了看 Coast 周围，没有看到什么惊世大美女。

他说：“她现在去买东西了。”

“鬼才信。”

他一脸正经：“不信就跟我去看看呗！”

他把我领进一家女装店，把东张西望的我拉到一面镜子前，抬起头，看着镜子里的我说：“你看，比你漂亮吧！”

我：“……”

……套路……真深……

› 02 ‹

有一回吵架，因为沟通上的问题，我们冷战了。

女孩子就是这样，她想要的只是态度，但是男生总想的是解决问题的办法，完全没办法商量。

过了段时间，Z 先生出差回来，来重庆找我，说来拿回他的东西。

我把他放在我这里的几件衣服几本书收拾好了，叫他拿走，不送。他看了那堆东西一眼，突然拉住我的手，把我整个人拉进他怀里。

“拿好了，我们走吧。”

03

在一场新的恋爱关系中，EX 始终是一个无法回避的问题，可是，我跟 Z 先生在这个问题上，却一点没有默契。

Z 先生自从跟前女友 Y 分手后，彼此回归为朋友，偶尔也会联系。

在感情问题上，我一度很小气，常常吃 Z 先生身边各种女生的醋，但 Y 却是个例外，每次遇到她的事，我从不敢对着 Z 先生使小性子，而是变得格外郑重紧张。

会有这样的反应，大概是因为，Y 跟 Z 先生是真心相爱过，而且 Y 又是那样一个女孩，聪明，又瘦又白，能把自己生活规划得很好，在任何场合都能如鱼得水，她能自食其力去获取自己想要的东西，而且最终能够得到。

如果不是因为 Z 先生，Y 会是我想成为的那种偶像，但是我跟 Y 之间成为连接 Z 先生过去和未来的两段纽带，我对她的感情便复杂起来，我一面羡慕她曾经拥有过我不曾经历过的那几年，一面不由自主地嫉妒到她跟 Z 先生曾经是多么般配的一对，同时又自虐般把她作为 Z 先生心里完美伴侣的标杆，不断地苛刻自己。

大多数时候，我绝不在Z先生面前表现一丁点对Y的在意。每次不经意谈到Y，我总是表现得格外大方懂事，只有上帝知道，那片段时刻，往往也是我最压抑的时候。

› 04 ‹

有一回我帮Z先生收拾衣柜，找到了一条Ralph Lauren的围巾，我从没见Z先生戴过。我把围巾围在脖子上，去照镜子，然后问他什么时候买的。

Z先生说，是Y以前送给他的。

围巾被我不动声色地摘下，递还给Z先生。Z先生捏着那条围巾看了两下放进了衣柜最里面一格。

我随口说："Y品位还挺好的。"

Z先生笑着跟我说："是挺好的，刚跟Y在一起的时候，她老说我不会穿衣服，后来我的衣服就被她主动包办了，她有搭配衣服的爱好，也会配得很好看。"

这无疑对我又是一出刺激。

我没有再多说什么，尽管我嘴巴上什么都没说，心里却说了一千万次，看，连他的习惯都受她影响了，他们曾经一定很要好。

“你又吃醋了吗？”Z 先生低下头来看我的眼睛。

“谁还没一两个前男友前女友啊？”我嘴硬，又反问他，“为什么每次我跟你说我和我前男友的事时，你一点反应都没有呀？”

“你那些都是小孩子牵手过马路玩过家家，我有什么好吃醋的。”他完全一副我不 care 的表情。

我有点泄气，为什么相同的情况，备受打击的总是我？他就不能也为我吃回醋呢？可 Z 先生似乎一点也没察觉到我情绪的变化。

我不死心地继续问：“那你跟 Y 在一起的时候，你是不是很喜欢她呀？”

Z 先生想了一下，也没犹豫说：“是啊！但我现在最喜欢的是你。”

05

短暂的沮丧后，我开始重新振作，上网查资料，买网课，给自己定了一系列要完成的目标。一到周末推掉了活动，抱着电脑去图书馆占座位。

不去想 Y 有多优秀，Y 跟 Z 先生之间有多少故事，也不去对比自己距离 Y 有多遥远。先做好自己能做好的事，把自己变得闪闪发光处处是优点，Z 先生知道我的一系列目标后，问我怎么突然上进起来了。

“我要把那些年没努力念的书全都念回来，不然你以前的朋友知道我以后，反问你怎么跟 Y 分手以后找一个那么差的，那我多没脸见人，你又得多尴尬。”

Z 先生笑：“那就拉黑他。”

我也跟着笑：“那可能你以后就没有朋友了。”

“其实你不用跟别人比。”Z 先生又说。

“什么？”

他轻轻说：“我喜欢的是你，重点是你，而不是怎样的你，你只要做好你自己就好了。”

我心里又甜了一下，突然有种放松下来的感觉，那种轻松源于我不必刻意去拿自己跟 Y 比。当然，这句话由他说出来还是由别人的嘴巴说出来，感觉完全不一样。

Z 先生又说：“不过你有上进的想法总是好的。”

我说：“说实话，毕业那么久我都没考试了，很害怕考不下来。”

Z 先生也不说什么你考不下来没关系什么的，反而严肃起来："既然钱都交了，肯定要考下来，不然钱就白花了，毕竟在钱这件事上我还是很小气的。"

他这么一说，我就不担心了。

可能比起那种温柔的宽慰方式，我更喜欢他这种引导，因为我明白只有后者，才会真的推着我往前走。

06

后来 Z 先生让我加了一个同时拿下 ACCA 的学姐的联系方式，是他的朋友，让我有问题主动积极地问老师。

晚上业余活动，我看书做作业，Z 先生开着视频做他的事，大概就是画设计图看书之类的吧。

有时候我刷题刷烦了，抬头望着 iPad，问他在干吗？

"我在打游戏，看电影，吃零食，和小姑娘聊星座和手相。"他故意这么说。

啊……原本想玩儿的心更痒痒了。

我眼泪汪汪："我也想打游戏，看电影，吃零食，和大哥哥聊人生聊理想！"

Z 先生瞟我一眼，笑眯眯地说："深深，那你可不要太优秀哦，不要走太快哦，稍微等我一下，我怕我以后配不上你。"

我："……"

Z 先生微笑脸，我从 Z 先生微笑脸里看到了他的隐藏属性——卑鄙阴险狡诈毫无人性。

"竟然拿我立的 flag 来打我的脸，还说得那么柔情款款，声情并茂！"

Z 先生敛了笑："我可是为了你好，自己立的 flag，再痛也要打完。"

我："哦，那您下手轻点，我怕您老人家手疼。"

Z 先生答："不疼，像这种能够光明正大打你脸还不担心你反抗的机会实在不多，我一次也不想浪费。"

"……"

07

我还没有来得及去数一数我跟Z先生在一起发生过多少有趣的事，眨眼距离在深圳的第一次定情已经过去了一年多。

这一年多时间，我不能说我成长了，但是对Z先生的了解是越来越多，知道他更多的好，也知道了他比好更多的坏，当然这些都丝毫没有降低他对我的吸引力。

而我也从一开始，每次见到Z先生的电光石火天崩地裂的心跳紊乱，逐渐变得从容淡定，开始享受感情生活中平淡又细小的甜蜜。

我跟他之间的以后会怎么样？好像那些都是很遥远的事，不过，命运总会有它既定的方向。当它默不作声把两个人逐渐推向不同的道路时，对当时的两个人而言，还以为不过是极其稀松平常的一天。

我还记得那是2014年入冬后的某一天，我并不知道那天那个小意外到底意味着什么，但后来想起来，那对于我跟Z先生之间，的确是个转折点。

那天晚上我洗完澡从浴室里出来，客厅地板上有没擦干的水，非常不走运的是，我滑倒了，整个人后背着地，后脑勺也狠狠在实木地板上磕了一下，霎时整个脑子都是热气上涌的感觉，而四肢一点力气也没有，身体完全无法动弹，左手一阵麻木后，很快撕心裂肺地痛起来。

我哭了一会儿，冷静下来，告诉自己，这样不行。

手机从手上摔出去的时候，摔得挺远的，朝手机爬过去，左手每动一下，都痛彻心扉。短短不到两米距离，我爬了近十分钟，才拿到手机。

手机屏幕已经被摔出一道裂缝，好在还能用。

拨号的第一时间，想到的是 Z 先生，电话快拨出去时，才发现打电话给他根本没用。

他根本就不可能出现。

眼泪就是在想到这一点时，啪嗒啪嗒地往下落，全流进头发里。

› 08 ‹

去了医院以后，经诊断是骨裂。

那时候担心影响 Z 先生的正常工作，等一切都处理好了，第二天趁着午饭时间，我才给 Z 先生打电话说，我生病了。

当时Z先生好像很忙，我话还没说话，听到他挺敷衍地应付我几句，我有点赌气，顿时就不想再往下说。

下班时间，得知我光荣负伤的西瓜弟提着猪蹄和各种慰问品来探望我。

差不多到吃饭时间，西瓜弟进厨房，拿出锅子装水，说要给我熬黄豆猪蹄汤，以形补形。我拖着拖鞋，走到厨房门那里，头靠在门框上，看着西瓜弟笨手笨脚地忙里忙外，他用我最喜欢的那把刀把新鲜的食材切成不成形的小方块，倒进锅里，拧开了煤气灶，砂锅里的汤在十分钟后咕噜咕噜地冒起了泡泡。

西瓜弟转过身跟我说了要煮多少时间关火，我不说话，只盯着他看，他不好意思地挠了一下头发："男人做菜很奇怪吗？"

"不奇怪啊！"我笑了笑，然后转身坐回沙发继续唉声叹气去了。

我心情越来越复杂，如果说有不甘心，可能就是这么对比出来的，那是从未有过的挫败感，原来我并非不在乎这些日常又触手可及的温暖。

好几次拿起电话想跟Z先生说这两天发生的事。

我很笨，自己把自己摔伤了，但是，我一个人去医院看病，我真勇敢。其实，我一点都不勇敢，医生说要打石膏时，我挺害怕的，我真希望，他能陪我一起去看医生，这样不管医生说的是好结果还是坏结果，我都能够靠着他的肩膀，大哭一场，而不是孤单单地强撑微笑。

但最终放下了电话，因为我知道我的男朋友，像所有的男朋友一样，在我生病时会嘱咐我多喝水，按时吃药，注意休息，但是他没办法无微不至地照顾我。

他永远无法在我最需要他的时候，第一时间赶到。

有些东西，错过了第一时间，就不是那个味道了，何必再添不必要的担心与麻烦。

09

那时候还是若无其事地跟Z先生每天煲电话粥。其实，当时觉得断了只胳膊已经够倒霉了，并没想到，这件事会导致一连串接踵而来的问题。

在那之后的某一天，Z先生告诉我他晚上要去见一个客户。结果之后跟大白在网上聊天，大白说漏了嘴，一会儿说他跟Z先生一起加班，一会儿又说自己在家里，含糊其词。后来我提醒他："Z先生跟我说

他要跟娇哥去见一个客户。”

大白才连连应声说，他想起来了，他们是要去见一个客户。

后来晚上九点半的时候，我就坐在家里沙发上，给娇哥打电话。

娇哥承认自己是在外面 KTV 唱歌，但是没有和 Z 先生在一起。

“那请娇哥你开视频给我看一下你周围什么情况，可以吗？”

倘若不是跟娇哥感情好，他估计早就挂我电话了。

但是娇哥还是走到了 KTV 走廊，跟我开了视频，他把手机对着周围转了一圈，好脾气地劝我，Z 先生真的没有跟他在一起。

我从平时一个耳根子特别软的人突然变得特别坚持，说穿了，我也不知道当时那么坚持到底是想要确定什么。

“娇哥，我跟 Z 先生现在是什么情况你可能不是很清楚，如果你希望我跟他好好的，麻烦你把手机给他。”

娇哥听我都这么说了，可能真的以为我跟 Z 先生之间发生了点儿什么，最后只能一边安慰我说，就是跟几个朋友一起唱唱歌，其实真的没有什么。

手机视频扫过坐在沙发上的人，我眼皮不由一跳，接着连着深呼吸了三次，手开始剧烈抖起来，尽管只是惊鸿一瞥，但一眼就够了，我绝对不会轻易看错跟 Z 先生坐在一起聊天的人是 Y。

10

看到Y的一瞬间，我整个人都蒙了，接着第二个反应是，他骗我。

我像逃避似的，立刻掐断了手机，然后安慰自己，那也不能说明什么，娇哥人还在那里，肯定不会有什么。

很快Z先生的电话就追了过来，手机铃声吵得我脑子都要炸了，我拿起手机直接关机了。翌日早上开机，手机信号还没恢复，连着跳出Z先生的七八条短信，没有什么特别的内容，全部都是“接电话”。

我原以为我睡了一觉，第二天跟Z先生说话的时候，脑子会清醒些，态度也会和气些。结果第二天，我在公司茶水间接到他的电话时，我还是忍不住发了脾气。

我说：“我问你吃饭了没有，你告诉我，你在外面应酬，所以，现在你是不是要告诉我Y就是你的客户？”

Z先生承认，Y不是客户，他骗我了。接着他解释：“她回国处理一些事，后天就走。”

“那你为什么不直接告诉我Y来了，你们在一起？”

“因为我怕你要是知道我跟她见面，会东想西想一些不好的东西。”

他或许是对的，我会胡思乱想。可惜，此刻的我并不感谢他为我做的考量。光是他骗了我，这几个字，就让我难以忍受。

“我生病了，我手断了。”不给他时间回答就挂掉电话。

我坐在茶水间发了好一会儿呆，说不清楚是想哭，还是哭笑不得。已经不能控制地想起我摔倒那天躺在地上无法动弹的时刻，同时另一个想象的画面不停地穿插进来，就是Z先生跟Y在一起，追忆往昔，或者还发生了一些别的耐人寻味的东西。

我突然发现，这里面已经有太多的道理讲不清楚，我跟Z先生都在打着为对方好的念头选择去欺骗对方，但是结果并不好。

会产生这样的嫌隙，归根究底是因为我们离得太远，无法随时随地掌握对方的动向，不信任的感觉就在距离这个媒介上无限延伸。

这样的嫌隙，以后一定还会发生，不止发生一次、两次……或者会有其他好的办法来解决，或许永远都解决不了，我没办法思考，自己也不确定。

› 11 ‹

第二周的周五，我下班在单位楼下撞到 Z 先生等我。

他没有提前通知我，我的石膏也还没拆，所以我看到他，他看到我，两个人的表情都震惊得有些好笑。

他朝我走过来，张了张嘴似乎想要说什么，我看向另一个方向，直接跑到马路边上拦下一辆计程车。车子发动以后，我心神不宁地朝后面瞥了一眼，看到 Z 先生站在街旁，手插在裤袋里，低着头，看不到脸上的表情，看了一会儿，他就变成了小小的一个影子，而我觉得累极了。

几乎是我刚到家，Z 先生就追了过来。

我依旧没有说话，也不看他，Z 先生乖乖紧闭着嘴。进电梯以后，我走了神，按错了按钮，电梯直接越过 5 楼停在了 11 楼，我愣了一下，迅速按了按钮 5，眼角余光瞥到 Z 先生翘起了嘴角，我转过脸狠狠瞪他一眼，Z 先生抿了抿嘴，像个做错事的小孩，立刻变得识趣。

电梯抵达第 5 层，他想跟我一起进门，结果被我关在门外。

临近七点的时候，我换好衣服要出门，Z 先生一直守在门外，看

到我开门，眼睛像小星星一样亮了起来，我越过他按了电梯按钮。

“你都这样了还要出去？”Z先生伸手过来牵我另一只手，皱了皱眉。

我当时心里很难受，我想说，你现在才来关心是不是太晚了？我需要你的时候你在什么地方？你身边永远有比我重要的人和事，既然如此你何必再来找我！

眼眶有点热，我知道我再这样面对着他，说不定又要没出息地流泪了。

于是什么也没说，把他的手从我手上拨开，电梯门打开，我走了进去。

那天晚上是某个朋友请客吃饭，吃完饭还去了别的地方搞活动，虽然我是断臂女侠，但还是玩得很开心，总之有点过分开心了，我自己知道是怎么回事。

等我回家的时候，已经是晚上十一点多。

电梯门打开，门外声控灯不灵敏，我拍了两下手掌才唰的一下亮起来。

Z先生不声不响地坐在台阶上，像只进不了家门的小狗，一双黑眼睛幽幽地望着我，冲我笑了一下：“小姑娘，你男朋友掉了，你要不要把他捡起来？”

这种温柔的语气求饶似的笑实在让人无力招架。

‣ 12 ‹

Z 先生进屋后第一时间是找水喝，第二件事是找插座给手机充电。他这次来随身就拎了个不大的包，我知道他不会待很久。

我说：“口渴了不知道自己去买水吗？”

Z 先生说：“万一你回来了，以为我走了，那更麻烦了。”

那天晚上 Z 先生找各种借口推脱去酒店，我答应借沙发给他睡，Z 先生一副很委屈的样子，说天气这么冷，你让我睡沙发。

我瞪他一眼，他有些知道自己错了的表情，乖乖地闭嘴，坐到一边翻杂志。我走到一边打开了空调制热功能。

洗完澡以后我进了房间，第一次出来放杯子的时候，发现这人心还挺大，坐在地上逗我的狗，都过了晚上十二点了，玩得还挺 high。第二次从房间里出来，是听到客厅里有动静，然后看到 Z 先生在翻箱倒柜地找药片儿。

他用可怜巴巴的眼神瞟我一眼：“有没有止痛片，我有点头痛。”

我没敢让他随便乱嗑药，而是给他倒了杯热开水，然后让他躺在沙发上，帮他揉了揉头。两个小时的航班加五个小时门外傻坐，让这人看起来没有往常那么骄傲坚强，但是说实话，我挺喜欢他现在这种很需要我在身边的样子。

没帮他揉一会儿，Z先生按住我的右手：“不按了，你休息一会儿吧。”

他从沙发上坐了起来，牵着我的手，望着我，嘴唇发出微弱的声音：“手还会不会疼？”

终于还是谈到这个问题。我低头看向别处：“我不太想跟你谈这个。”

“好，不谈这个，我们谈别的。”

我还是很坚持：“别的也不想谈。”

“那你想要我怎么做？”他很无奈的语气。

“今天从你出现起，我就一直在想，你可能永远都不来找我了，对我来说会好一点。”我说的不是气话，而是认真想过。

“那你是想分手？”他问。

我顿时像个怂了的乌龟，不敢吭声，这种念头想过千万次也好，说出来却需要相当大的勇气。

Z 先生的声音在我耳边响起："你想分手，但我不想。"

不知道什么时候，Z 先生已经伸出手，抱住了我，一只手轻轻摩挲着我的背，起初我有点抗拒，但身体靠着他的身体时，我体会着一种奇妙的感觉，这种感觉消融了堵在我心口的那个结，让我变得多愁善感，眼睛又湿润了。

可能异地恋就是这样吧，一件很小的事也会因为时间和距离，放大到很大，明明一个拥抱就能解决的问题，隔着电波和屏幕只会越演越烈。

13

后半夜，我跟 Z 先生在那张窄窄的沙发上开着空调挤了一晚上。

Z 先生静静地抱着我，我在黑暗里轻轻地说："你可能不知道我是什么时候喜欢上你的，就是那年在成都的时候，我被同学放鸽子了，你大半夜又来酒店接我去你们宿舍，那天以后我脑子就没清醒过。但是你对人的这种好也不是独一无二的，它同样在另一个人身上重演了。你随手可以给的东西，我当宝贝一样珍藏，你看我是不是傻。"

Z 先生沉默了一下，贴着我的嘴唇，说了好几个对不起。

他还想解释他跟 Y 的事，我摇头表示我不想再听到 Y 的事。每个人心里都有过不去的坎，Y 已经在那里了，他们轰轰烈烈爱过，那是改变不了的事实。

后来又问 Z 先生："在你喜欢过的女孩儿当中，我会是特别的吗？"

"长这么大我就喜欢过三个女孩子，你是最让我心痛的一个。"他慢慢地一个字一个字地说。

"你真的心痛吗？"我不相信。

"嗯，大概是这个位置。"

他牵着我的手，摸到他心脏与胃之间的位置。我又忍不住难过起来，抽回手反而笑着轻轻揍他一拳："你这里是胃炎。"

Z 先生也跟着笑了会儿，接着说："你其实并不像看上去那么乖巧温顺，你想法很多，但是你从来不跟我说，总是要让人去猜，生气的时候也特别会折磨人，就这么冷着把人晾在一边，不听不闻不问，让人完全不知道该怎么办才好。"

"如果是 Y 呢？她会怎么做？"

"她是很乐于说出自己需求的人。"

我说："我跟 Y 本来就是完全不同的人，有的话即便说了，可能也没办法解决。”

“你不试试怎么知道没办法解决？”

我没有回答他。

最后Z先生自言自语的语气：“每天早上刷牙的时候，好像都能从镜子里看到你从身后蹦过来抱住我，晚上睡觉钻进被窝的时候，想到你也在身边就好了，我开始很喜欢‘我们’这个词，每次看到‘我们’这两个字，以至于我很长时间都在回想我们在一起的某个场景。”

我抬高眼皮看着Z先生，他也正看着我，眼睛里带着点特别的表情。

然后他一个字一个字地说：“我肯定我现在比我想象中更爱你，所以，如果我做了什么让你失望到想跟我分手，我希望，你能再坚持一下，看在我是个不懂风情的钢铁直男的份儿上，再给我一次机会。”

他这天晚上说的一箩筐话，足够感动我一辈子了。但是，我在心里又对自己说，反正这种情况下说出的话，多少有点安慰的成分。

14

Z 先生早上很早就醒了，其实我也醒了，他站在沙发边上看着我，而我不愿意睁开眼睛。他很快收拾好，就带着狗出门，大概半个钟头后，我在洗手间刷牙，他和爱莉都回来了，还买了早餐和菜。

中午晚上两顿饭都是 Z 先生做的，简简单单的三菜一汤，很清淡可口。

Z 先生说："长年累月在外面跑的人，不想天天吃地沟油只能自己动手丰衣足食。"

我还是第一次尝到他亲手做的菜，吃得像个饿了三天的傻孩子，连一口多余的汤都没剩下。

Z 先生嘚瑟得不行："看来以后要是没了工作，随便开个饭馆也能把你养活。"

我低头用勺子刮着碗没有说话，因为我不知道这个以后是多远，还有没有这个以后。

晚上散完步回家，洗漱完后窝在床上看电影，这人偏要看恶心的欧美恐怖片。一部片子一个半小时，我面无表情，中途这人瞟了我好几眼，阴阳怪气道：“你竟然都不害怕。”

“有什么好害怕的，都是假的。”

Z先生垂头丧气地哀叹：“本来想享受一下女朋友扑进自己怀里哇哇大叫的感觉。”

我笑了一下，心里突然想说，希望每天都可以像今天一样，但是话到嘴边，还是吞了下去。

Z先生是星期天下午的飞机，我没有送他去机场，在小区楼下我们道别。临走之前，他望了望我，好像想说什么，但是最终什么都没说。

那天晚上，收到他发来的消息。看时间，应该是他已经到深圳了。

而消息上只有一句话：“小朋友，你今天送我离开，都不抱我了。”

我谈了一场恋爱，连分手这种话都只能对着手机说，都不能抱一抱。跟你在一起的每一分每一秒，让我觉得人生一场，哪怕苦多于乐，也是值得的。

但可能我只有一点点遇到你的运气，而不配拥有陪你走到最后的幸运，再见了，Z先生，谢谢你，曾来过我的世界。

Chapter 9

无力的喜欢和遥远的永远，
随着涨潮时的海水消失不见

深深欢喜的小时光

01

那之后，我始终处于早晚会失去 Z 先生的恐慌之中，尽管无数个珍贵时刻都在告诉我，我跟 Z 先生依然是在乎彼此的。

2014 年的最后一天晚上，Z 先生背着犯懒病的我去人山人海的解放碑听新年钟声，Z 先生在一个拥挤路口等待绿灯的时候，突然把我拉近吻我，手指轻轻地拨开我的头绳，让头发全散落下来，全然不顾周围人异样的眼光。每次我一个人路过那个街口时，脑子里总会想起这个画面，我想那是专属于我的洗发水广告。

还有当我们在一起的时候，不管是什么场合，Z 先生经常会毫无征兆地叫我的全名，赵深深！

我狐疑地望向他："干吗？"

他笑了一下："没什么，我就是想确定一下你是不是在我身边。"

而我，依然喜欢学他走路，喜欢学他抽烟的样子，喜欢光腿穿他的衬衣在地板上蹦来蹦去，喜欢吃饭的时候把我觉得最好吃的东西先给他，永远崇拜地看着他。

› 02 ‹

Z 先生第一次见到了我的妈妈是在一个非常不正式的场合。

起因是我妈妈做身体检查时，发现肚子里长了一个小肿瘤，不一定是恶性的，但医生建议做手术。这个事我一直没跟 Z 先生说，主要是不知道该怎么说，我怕说了他也为难。

我跟单位请了几天假回家，后来 Z 先生还是知道了我妈生病的事，一开始有点生气我为什么没告诉他，然后马上就说要过来探望一下阿姨。

我立刻就说：“你别过来了，不好。”

说完以后，Z 先生那边一下子就沉默了。我也发现，我这样的回答很差劲，马上改口说：“你那么大老远的跑来跑去很累，而且我们这边也不缺人帮忙，真的没事。”我是存有一点私心，是真的不想他来。

因为我不知道该怎么把他介绍给自己的家人，如果说是以男朋友

的身份，就免不了要扯到涉及彼此未来的现实问题上，我不知道他到时候会怎么回答，不想让我父母空欢喜，更不想逼他做出忤逆心意的承诺。

如果他是以朋友的身份来看望我爸妈，那还不如不来呢，我心里落差更大。

Z 先生并没有被我说服，他还是坚持要来。

比较尴尬的是，西瓜弟却比 Z 先生更早一天跑来我老家。他是自己一头热开车过来的，拦都拦不住。西瓜弟嘴巴甜，到了医院跑上跑下帮忙，搞得来探望我妈的亲戚都以为他跟我有什么关系。

我们老家是小地方，深圳过来的航班只有晚上一班，Z 先生到的时候已经很晚了。我妈刚动完手术，我也顾不上他，他叫我别担心他，他自己找地方住，只向我要了医院的地址。

第二天，Z 先生一贯擅长的社交能力明显没发挥出来。我妈刚做了手术，人有点恹恹的，我介绍 Z 先生是我很好的一个朋友，刚好来这边出差，顺便来探望一下她。我妈仔细打量了一下 Z 先生，点了点头，然后请他坐，让我给他削水果。

西瓜弟已经在这里待了一天了，跟我妈混得很熟，毕竟 Z 先生是客人，要帮忙做什么事的时候，我妈就赶紧让Z先生休息，让我或者西瓜弟去做。再加上，Z先生毕竟不是川渝人，有时候大家用方言说话，Z先生就听不懂了，当然，这边的很多规矩他也不懂，只能尴尬地赔笑。

Z先生安静地微笑着，给我的感觉是像忘记做家庭作业的小学生在等待班主任的批评。

快到中午的时候，我估摸着我爸爸要来了，就暗示Z先生该走了。Z先生愣了一下，然后很识趣又绅士地起身告辞。

我送他到医院楼下，告诉他我下午抽空去酒店找他。Z先生看我一眼，问我为什么急着叫他走。

“我爸爸快过来了，你不会想在这种场合我父母一起见吧？”

然后Z先生说：“那为什么你另一个朋友可以留下来？”

我说西瓜弟他不一样。

Z先生问我：“哪里不一样？”

我没吭声，当然Z先生很快换了副口气，拍拍我的肩，让我上去照顾我妈。我一回到病房，看到张牙舞爪的西瓜弟，肚子里就窝火，凶巴巴地把一头雾水的西瓜弟挤对回酒店休息去了。

西瓜弟走了以后，我妈打起了点儿精神，她问我：“那个姓郑的

年轻人才是你男朋友吧？”

姜果然是老的辣，我在心里笑了一下，然后点了点头。

我妈并没有说任何夸奖Z先生的话，又向我打听了一下他的工作，哪里人，多大了。然后我妈问了我一个很……措手不及的问题，她问我以后是不是要跟他一起去深圳。

“虽说现在交通方便了，但还是很远啊，你爸爸肯定会舍不得的。”

我还是说不知道，这个不知道是真的不知道。

03

不管怎么说，Z先生能来探望我妈妈，我很感激也很高兴。

傍晚去找Z先生一起出去吃饭，门一打开一股子呛鼻的烟味，我拿手扇了半天风，开玩笑地问Z先生抽了几包烟。

他无奈地摊手笑笑：“就一包，择床，睡不好。”

准备出门的时候，Z先生问我不管我那个朋友了吗，我反应过来他说的是西瓜弟，就说他自己有手有脚，不会自己去觅食吗？

Z 先生很认真地看着我：“你们关系很好是吗？”

我想如果要跟 Z 先生讲和西瓜弟认识的来龙去脉，那一时半会儿肯定就说不清楚，后来只能骗他说是大学时期就认识的隔壁学校的朋友。

Z 先生就说：“既然是那么久的朋友了，就更不该把别人丢下不闻不问的。”

然后我在 Z 先生的督促下，很不情愿地给西瓜弟打了电话，叫他出来吃饭。西瓜弟这人脸皮还真挺厚的，一说到我请客吃饭，就屁颠屁颠地跑出来了。

Z 先生和西瓜弟一共在一起吃过两次饭，这是第一次，第二次是在泰国，不过那已经是很久很久以后的事了。

饭桌上的气氛还算不错，Z 先生和西瓜弟都属于畅谈的人，天南海北的什么都能说，西瓜弟一见到 Z 先生就恭恭敬敬地叫了他一声姐夫，Z 先生一下子就笑了，我看得出来那个笑是真心的，不是应付人那种客套的笑。

西瓜弟两杯啤酒下肚，就开始胡说八道了：“我早就想看看把深深姐姐迷得七荤八素的男人到底什么样子了，果然百闻不如一见。”

“深深姐姐？”Z先生把西瓜弟的话重复了一遍，突然“噢”了一声，向西瓜弟举起了杯子：“难怪我觉得你声音跟样子都蛮熟的，上次是你和深深一起去看电影的吧，我们家深深平时多亏你照顾了。”

西瓜弟就说不客气，说反正我也经常照顾他，又把我去夜总会救他的事拿出来说了一遍。我当时觉得西瓜弟的话真的有点多了，但是仔细想想，又找不出哪里有问题。

Z先生又问西瓜弟和我是怎么认识的。

西瓜弟直接就说：“网上打游戏认识的。”

Z先生的目光从西瓜弟脸上移到了我的脸上，带着一些考究的味道，我硬着头皮承认，就是网上认识的，但是其他并没有多说，同时也用眼神威胁西瓜弟不许再多嘴，怕他说露馅儿。

吃过饭以后，西瓜弟先走一步。

我和Z先生沿街朝Z先生住的酒店方向走。刚从饭馆出来没走几步，Z先生就把我挽在他胳膊上的手拿开了，我跟上他，又把手伸过去。

Z先生看我一眼，再度不以为然地把我的手甩开，然后对我说了三个字：“有点烦。”

我：“……”

Z 先生说："他是不是喜欢你？"

"你是说西瓜弟？"我哈哈乱笑："我也有这种感觉，还一直想我是不是太自恋了。"

"难怪看到他就特别讨厌，越看越讨厌。"他有些烦躁。

我说："你这算不算吃醋？"

他说是。我说那我得把这个历史性的时刻记下来。

路过一所中学时，我喊了 Z 先生的名字一声，他转过头来看我，我笑着指了指左边，说："你看你的左手边，是我念高中的学校哦，以前我每天不到七点就背着书包闷头扎进这里，念书念到晚上十点半才回家，在这里我还遇到了我的初恋小男友哦！"

Z 先生没说话，只冲我笑笑，手抄在衣兜里，漫不经心走到大门口，低垂着头，脚用力踩了踩地面，不知道他在踩什么。

那时正好是晚自习时间，周围空旷无人，几盏清亮的路灯炽烈地照着学校大门，把铁灰色的大门照出一种舞台效果般的银灰色，Z 先生的影子被灯光拉得老长了，那是一条瘦而孤单的影子，让人难以猜测他心里在想什么。

那种孤单的感觉也感染了我。

尽管他就在我身边。

我想，我们俩都在刻意逃避着一些早晚不得不面对的问题，这种逃避让我们彼此的心终究是疏离了。

04

Z 先生比我和西瓜弟早一天离开 Y 市。

Z 先生走的时候我去机场送他，进安检以前，他冷不丁地冒了一句："你记不记得你以前每次在机场送我的时候，都会哭。"

我反应很快，或者也可以说很慢。停顿了四分之一秒钟时间之后，用近乎于正常的声音笑着回答："如果一个女人总是为同一个男人哭的话，那肯定不是个好现象，只能说明那个男的是个渣男。"

Z 先生看着我，我也看着他，他眼睛里和嘴角上带着一点不太认真的笑意，终于什么也没说，他转身走了。

我看着他的背影，突然怀念起最初恋上他时，又幼稚又可爱的我，那时的我，不管不顾未知前方是刀山还是火海，都始终怀揣着灭不掉的一腔孤勇。

所以，究竟是时间改变了一切，还是只改变了我。

竟让我变得如此害怕失败又懦弱？

而我离开机场后，第一时间还是回了医院，就像什么事也没发生过一样。

翌日，我坐西瓜弟的车回重庆。那几天忙得焦头烂额，没有我妈在家里一团乱，每天回家后简单收拾一下屋子倒头就睡，根本没有多余的时间去想别的事情，现在，从 Y 市到重庆有三个半小时的路途，给足了我胡思乱想的时间。

于是 Z 先生昨天在机场说的话，在我耳边反反复复地响起。

其实我跟 Z 先生在一起没多久，满打满算也只有两年，但感觉真的有四五年那么久了。我当然还记得，刚跟 Z 先生在一起的时候，他一个微小的表情，都会造成我的泪流成河。

西瓜弟开车开得很稳，我很快就困了，把椅背放平坐在副驾驶呼呼大睡。只有在服务区休息的时候，醒了一次，西瓜弟叫我下车上厕所，他靠着车子喝红牛。我低头看了一眼身上，盖着一件衣服，是西瓜弟的衬衫。

我突然想起了一天前跟Z先生的对话。想了想，不管西瓜弟是真的对我有意思，还是假的，我都不希望跟西瓜弟之间把纯友谊变成更复杂的关系。

所以，我下车上完厕所回来，直接坐到了后排，把整个人打直了睡。西瓜弟上车的时候，我从后排的缝隙偷瞄到他探头看了一眼放在副驾驶座上叠得整整齐齐的衬衫，没有说什么，他系上安全带，踩油门，继续朝目的地进发，完全没有任何表情。

05

我跟Z先生最终还是分手了，是在2015年。

起因是一个假期，我们约好了要见面，为了给他惊喜，我没有细问航班，然后提前两个小时跑去机场等他。等了很久，从北京过来的航班都没有了，还没等到他，于是给他打电话。Z先生当时很忙，奇怪我怎么还没睡，叫我不要等他了。因为临时突发情况，他被留在那边要把事情处理好了才能走。

他已经不是第一次这样临时改变行程，当时我很生气，就说："我受够了，我们分手吧。"

其实这种气话我们之前闹不快的时候我也说过几次，Z 先生对这种威胁已经免疫，没等我说完就把电话挂了。

Z 先生有时候会这样，他不想分心的时候就会把妨碍他的一切外界因素屏蔽掉，往往这些时刻，真的会让你觉得眼前这个人从来没把你放在心上过，而在他的这种态度下我也练就了一种能力，哪怕我会在家里哭得天崩地裂，但是面对他时又绝对冷静。

翌日 Z 先生打电话给我，我也不知道是一时脑子发热，还是已经撑到了极限，于是对他说，分手是认真的。

那天晚上我们谈了很多，气氛一直很平和。

Z 先生是一个非常不喜欢争吵的人，常常为了平息硝烟，采取一些快速又果断的方式迅速结束令人不舒服的对话。为了配合他的节奏，我也在逃避问题，我们很少能真的吵起来，所以这场分手也像是两个文明人在商讨某个艺术品到底是真品还是赝品，到底值多少钱？

Z 先生发现我动了真格，只问我一句："你是说真的？"

"感觉没有坚持的必要。而且我感觉，我好像不喜欢你了，最近这种感觉越来越重，跟你谈恋爱太累了。”

Z 先生那边沉默了一下，时间并不长，然后他说：“那好吧。”

然后我们就正式分手了。

他也没有过于纠缠和挽留。要很久很久以后，我才知道他当初没有挽留的原因，因为他根本就不能接受我说分手是动真格的。

06

那天晚上挂掉电话后，我没有觉得太难过，反而感到一身轻松。

后来给 Z 先生编辑了最后一条短信。

“你看，我谈了一场恋爱，连分手这种话都只能对着手机说，都不能抱一抱。我真的很爱你，在遇到你以前，我从来不知道我会那么喜欢一个人，见不到你的每一天都是思念蚀骨，泛滥成灾，跟你在一起的每一分每一秒，让我觉得人生一场，哪怕苦多于乐，也是值得的。你永远都是对的，或者是我想要的越来越多，多到想一辈子赖着你，但可能我只有一点点遇到你的运气，而不配拥有陪你走到最后的幸运，再见了，Z 先生，谢谢你，曾来过我的世界。”

在打那段字的时候，看到 Z 先生那边也突然显示“正在输入……”

我愣了一秒钟，将刚才已经打好的字一个一个删除掉，177 个字最后变成 7 个字“不要跟我联系了”。

赶紧关机，害怕对话框里会弹出我毫无准备的字句。

07

Z 先生很听话地始终没有和我联系。

接下来一段时间，我就彻底放飞了自我，每天都很快把工作结束，从不加班，能够约到朋友就会玩到夜很深才回来。

熬过最煎熬的几天，后面每个孤枕难眠的夜晚多少会好过一点，但也是从那时候开始，有人在打听，我跟 Z 先生是不是分手了。

不管别人带着什么样的目的来打探，我全笑着坦然地承认。

“是的，我们分手了。”

当然，也是从他们的口中得知，Z 先生在面对这些追问时从来没

有正面回应过，他只会说：“去问赵深深。”

我不知道是该失望，还是觉得安慰。后来想来，当时的情况下，安慰的心境更多一些。

紧接着这件事以后发生了两件事：第一件事，我辞职了，换了个父母喜闻乐见的稳定工作，但是也意味着我得离开重庆。第二件事，西瓜弟也辞职了，记者这份工作太容易接触到人性的阴暗面，西瓜弟每天都是负能量满满，他本来就是一个偏理想化的人，也已经撑到极限了。

我跟西瓜弟说我要离开重庆的事时，西瓜弟已经辞职在家睡了一个星期了，短暂惊叹后，他说：“深深姐姐，你觉不觉得我们两个做事特别默契，既然大家这么有缘分，要不咱们结为异姓姐弟吧！”

我说：“你换个性别我可以考虑跟你结为金兰姐妹。”

西瓜弟发了一个“挖鼻孔”的表情给我，然后他问我：“离开重庆以前有没有想做的事，正好我赋闲在家，可以勉为其难地陪你去浪一浪！”

我：“然后又是我花钱请你吃喝玩儿对吧？”

西瓜弟：“姐姐你总是这么冰雪聪明美丽可爱。”

我给他回了一个“滚远点”的表情包。

不过，就算西瓜弟不说，我心里已经有了一个想法，准备等原单位的辞职审批下来了，彻底放松以后再去做。

08

一个月后，我办完离职手续，就离开那个工作了两年，榨干了我血和泪的地方。我的简历上多了一段外资银行工作的经历，但对我的新工作来说，这段经历没有半点用处。

娇哥之前在我这里买了一款理财产品，我把这个项目交接给了我另一个同事，其间还有点小手续没交代清楚，后来我又给娇哥打电话把这个事详细说了一遍。

电话拨过去，接电话的人“喂”了一声，我整颗心脏都停止了跳动。

是Z先生的声音。

我支支吾吾地说，我要找娇哥，Z先生语气挺温和的，就像跟朋友聊天一样的口吻，他告诉我说他们在外面吃饭，娇哥喝多了去厕所

吐了。我硬着头皮把我这边要说的事浅显地解释了一下。

Z 先生口气一下子就冷了下来："你要辞职？怎么都没跟我说一声。"

我说："已经辞了。"

"之前就做好了打算？你没有跟我商量。"

"我以为你对这种事不会上心，一般你只会说，不管做什么决定你只要对你自己的人生负责就好了，不要考虑其他因素，所以我就自己做了决定。"

Z 先生一下子无话可说。

其实隔着一个手机，我真的不知道 Z 先生现在是什么表情，是一如既往的平静，还是笑，或者，会有一点点生气。

挂了电话，心情久久不能平复。大概十几分钟后，娇哥的名字在屏幕闪动，接起电话，还是 Z 先生的声音，他只冷冷扔下一句："分手这么久，我今天终于觉得，我是失恋了，你不会回来了，我也不想等你了。"

› 09 ‹

心脏在听到他说不再等我的那一秒钟开始抽搐，人真的很奇怪，战争明明是我挑起的，但在听到对方说放手那一刻，整个世界分崩离析。

结束对话后，我发现自己完全没办法独自一人待在家里，四周安静得只能听到时钟的走动，而那嘀嗒声让我简直要发疯。于是我拿了一件衣服，打车跑到车站，买了一张去成都的动车车票。

脑子像进了水一样昏沉沉的，身体全凭本能，去找一个熟悉又可以完全依赖的港湾。

两个钟头后，我敲开烁烁家的门。她刚把门拉开，我看着她眼皮都不敢动一下，因为任何一个细微扇动就会让眼泪一滴一滴掉下来。

烁烁微露异色："你怎么了？电话里声音就不对劲儿。"

我几乎没办法回答她的问题，整个人开始不停地颤抖，手心捏得死死的，不争气的眼泪像是断线的珠子，啪嗒啪嗒落到衣服上、地上。

"Z 先生跟我分手了。"

"我以为你们早就分了，你这反射弧有点长啊！"烁烁用在超市里挑白菜的口吻说。

我发现我完全没办法从别人口中听到分这个字，胃剧烈地痉挛，肺叶痛得像裂开了一样，使劲做出一个笑容，结果却是更加痛快地哭起来。

我不想哭的，但就是忍不住。说分手时，我那么冷静简直就是酷，我以为我根本不在乎，原来不是不在乎，而是我心里压根就不相信我真的会跟Z先生分手。

我表情慢慢地从迷糊到害怕到伤心，直到张大嘴拼命地哭。

顷刻间，对Z先生的思念也如同浪潮一样涌过来，吞没我，使我的大脑不受控制地想起跟Z先生在一起的零碎时光……

早晨梳洗之前，他的脸颊会有一点点扎人，他的嘴唇会凉而柔软。

有一回他在沙发上睡觉，我主动低下头去亲他，他突然伸手挡在我的头和柜子边角之间，特别温柔地说别撞到啊，撞到了我会疼的！

冬天每次洗澡的时候，他都会在外面先把浴巾烘热，等我洗得差不多的时候再递给我，怕我冷……

烁烁伸手帮我擦眼泪，没想到越擦越多，我望了她一眼，特别无助。

“那不一样，如果是Z先生说结束了，那就是真的结束了。”

我说完这句话，心脏又狠狠抽痛了一下，我想起我曾经在朋友跟前闹过一个很经典的笑话，我们在KTV里唱着无厘头的歌，我的眼泪突然毫无征兆齐刷刷往下掉，朋友们拥抱我，安慰我，要给Z先生打电话。我夺过手机把它摔在沙发角落，哭得完全没有形象可言。

当时我说：“我很害怕会失去他，但是我不能让他知道我害怕失去他。”

那段时间，真实的我其实并没有看上去那么洒脱，迫不及待地想翻寻手机里有关Z先生的一切，合影、微信、以前的聊天记录，为了阻止自己犯傻，手机放电放到空，不充电，换另一款老手机随身使用。我跟Z先生共同所在的群我一直没有退，有时候群里聊天，我也会说几句，但是Z先生从来不吭声，那时候我真的特别想看到他在群里说一句话，哪怕只是一个“嗯”字，那种疯狂的程度不亚于一个为了减肥三天不吃一口东西的人，突然看到一桌子全是自己最喜欢吃的美食。

原来说结束从来都不是我说了算，直到听到某一句话的时候才知道，真的回不了头了。

“Z先生不要我了，”我瓮声瓮气边哭边对烁烁说，“他不要我了，我该怎么办？我以后再也找不到他了。”

烁烁伸开双手，她给我一个拥抱，我也抱住她。

“没了 Z 先生，你还有我啊！”她声音很轻，也很坚决，她身上带点杏仁味的乳香让我感到格外安心。

10

那天晚上，烁烁的小男友只能一人孤枕而眠了，因为烁烁搬到了客房陪我一起睡。

等我情绪稍微平复下来，烁烁问了我要和 Z 先生分手的原因。

“我觉得你特别作，明明是你先说的分手，又哭得死去活来的。”

我告诉烁烁，其实在决定跟 Z 先生分手的那段时间我很疲惫，未必就比现在这种状态好。

如果说每个人一生中都有好几个关键时期，可能最近那段时间也是我人生选择的十字路口。

一直以来银行的工作压力很大，刚好有一个很稳定的工作可以选择去或者不去，可是如果去了，我跟 Z 先生又会一直分居两地。我曾经问过 Z 先生想不想我跟着他去深圳，我可以在那边找新工作。

Z先生却对我说，决定权在我，但是他并不是很赞同一个女孩儿选择工作的目的是为了跟随男朋友而不是为自己职业规划做打算，所以我很自然地打消了这个念头。

同时，我妈每次跟我打电话时，都问我，你跟小郑的事有没有眉目，又偷偷跟我说，我爸误以为西瓜弟才是我男朋友，老是说想看看那个当记者的小子，搞得我哭笑不得。

烁烁问："这个事你没跟Z先生商量过吗？"

我告诉她，我试探过Z先生的态度，我告诉他某个大学同学连孩子都生了，以前从来没谈过恋爱的人，动作还挺快。也对他说，某个同学要结婚了，婚纱超级漂亮，头纱有五米多长。

那么聪明的Z先生不可能不懂我的言外之意，但Z先生一直没有给我正面答复。

后来想来，当时他哪怕对我说一句我们一定会结婚，或者说你给我五年时间，我都会信心满满没羞没臊地等下去。失望这种事，从来都不是突如其来，只会是积少成多。

他从来不能在我最需要他的时候出现；每当我想念他的时候，只能靠声音和视频维持联系，想触碰时怎么都触碰不到；明明有喜欢的

人，梦里才能常常见面，醒来却隔着山海。这些难过与困扰，没有经历过的人永远无法感同身受。

烁烁叹了口气，搂着我的脖子在我右边额角的头发上亲了一下。她问我："那你有回头找他复合的打算吗？"

"伤心难过是一回事，回不回去是另一回事，反正早晚要完，长痛不如短痛。"

"看开点，我二十二岁失恋的时候也以为世界毁灭，现在不照样活得生龙活虎有声有色，你肯定会再遇到喜欢的人。"

› 11 ‹

后来烁烁对我说："我在迪拜的时候，遇到一些很难过的人和事，没有办法，晚上哭到泪腺都堵塞，白天还得光鲜亮丽地去上班。有好几次，都想跟你打电话发泄一通，又很生气，为什么要我给你打电话，为什么不是你主动来问我好不好？"

我翻身起来，在她的眼睛里看到伤感的神情。

“对不起，那个时候我没有在你身边。”

她认真地看着我，似乎过了很久，才露出笑容，一把抓乱我的头发：“我原谅你，谁叫你是我最好的朋友。”

作为彼此的朋友，我跟烁烁之间有着比别人更强烈的羁绊。

二十六年前，我们一同降生在同一个大院里，我生在盛夏 8 月，她生在凛冬 12 月，尚在襁褓里嗷嗷待哺时，就已经是每天看彼此看到厌烦的朋友。

她从小就比我多才多艺，比我有主见，还比我强势，当然，有句话叫作三岁看到老，所以她的人生也比我精彩得多。

烁烁曾告诉我，她人生中最惨烈的一段滑铁卢，就是在二十二岁了。

那年大学毕业，她拒绝了父母安排好的工作，自己收拾了一点东西跑到迪拜去打工，做过导购，也当过赌场里的荷官。

她以前常常教育我，外面的世界很大，对人生还是要抱有一点幻想。

于是对人生抱有太多幻想的烁烁，在迪拜遇到了她自认为的真命天子，他符合她对理想情人的一切要求，棕发蓝眼高鼻梁，会送她清晨尚带有露珠的玫瑰，也送她梵克雅宝定制的项链，能够跟她聊夏加尔和高更，也会用毛笔在纸上一笔一画笨拙地写中文“我爱方烁韵”。

唯一美中不足的就是，人家有家庭，还有一个不到十岁的小孩。

反正这场伤筋动骨的恋爱，把烁烁害惨了。但是她最难过的时候，从来没有把这段故事告诉任何人。

后来她回来了，一次特殊的情景下，她喝了一点点酒才告诉我她的这段经历。

她说当时不说出来，有两个原因：

“第一个，太给我爹妈丢脸了，他们肯定很难想象自己的女儿去破坏别人的家庭，我当时想我就算把嘴巴打烂，都绝不会把这段不光彩的事告诉任何人。但是你不是任何人，所以我只告诉你。”

“第二个，当时太痛苦了，根本没办法向别人说。后来才明白啊，能够说出来的痛苦，都不叫痛苦，所以，我现在能告诉你，是因为我走出来了。”

此时此刻，我真希望我能有烁烁一半勇敢，能够早日忘记 Z 先生，开始新生活。

我跟烁烁距离上一次我们这样睡在一起无话不谈，不知道隔了多少年，直到灰色的窗帘布细缝里，透出蓝白色的晨光，才略感到倦意，心里全都空了。

12

家里还有只狗盼着我回家，所以第二天中午，我就跟烁烁道别，又回了重庆。

之后忙着房子退租，给爱莉找新主人，而之前我告诉西瓜弟，我临走前最想做的一件事，其实就是坐着公交车和轻轨，把山城的边边角角再走一遍。

西瓜弟觉得这个想法挺好的，主动要求和我一起去，然后还准备找旧同事把报社的高级相机借来私用。

原本，一开始我想做的事挺幼稚的，我原本打算的是把我和 Z 先生走过的每一条路，再走一遍。后来有一天我走到我们小区附近，我跟 Z 先生经常去吃饭的那家小餐馆，老板娘给我端炒饭上来时，为了套近乎随口说了一句，好久没看到你男朋友来了，该不是吵架了吧。

接下来喜闻乐见的，我一边掉泪，一边吸鼻涕，一边还不忘往嘴巴里塞饭。跟我拼桌的是一个戴金表胳膊上文了大宝剑刺青的大叔，他充满同情地瞅我几眼，最后像躲瘟疫般把饭盆端到了另一张桌子上。

鉴于以上经验，我觉得重新回顾一遍跟 Z 先生一起走过的风景，

一定不是一个很好的决定。

这世界上有一些电影已经不能再看，有些话已经不能再提，有些地方不能再去，有的东西也不能再吃，忘却原是一件奢侈的事，我曾拥有你——想到就心酸。

走遍山城这个计划，我和西瓜弟花了两天时间去做，其实根本没走完，主要是去一些我们平时很不太注意到的街角旮旯。

西瓜弟给我拍了很多照片，他拍照技术挺好的，我一米六八的个子他能给我拍出一米八的大长腿。我拿着食指一直戳相机："这张我也要，这张我也要。"

跑了一上午，我口渴了，指使西瓜弟去买饮料。那时候虽然是春天，天气还没回温，他给我买了一杯热奶茶，奶茶递到我手上时他直接拉着我另一只手往回走。

我当时装作没发现这个微妙的小动作，走过一个街口，我甩开他的手朝台阶上跑，说我要去照上面那一排老茶馆。之后，西瓜弟的两只手，几乎没离开过相机。

傍晚的时候，跟西瓜弟去传说中的老火锅吃了一顿火锅，回家的时候，坐在计程车上，车子经过嘉华大桥，我把脸朝着窗外，迎着风扯着嗓子吼：“再见了，我的青春！再见了，我的爱情！”

转过头，正在翻看相机照片的西瓜弟斜眼对我露出深恶痛绝的鄙视。

我：“没见过老阿姨抒发情怀吗？”

西瓜弟假笑了一下：“没有，所以我的第一次，全献给了你。”

我：“……”

13

在那天之后不久，我就离开了重庆这座充满珍贵回忆的城市。接下来的半年多时光，大部分精力都是在适应新的工作与新的环境，当然我身边的三姑六婆们也没闲着，已经是时候该操心我的终身大事了。

所以，有那么一两个月，我不是坐在相亲的饭桌上，就是走在去相亲的路上。

虽然来相亲的男女都是奔着结婚的目的才坐到一起的，但是我后来发现，相亲这个事本身就挺魔幻。

因为相亲，我认识了很多形形色色的人。

有的人很高傲，一坐下来就跟我科普正式西餐的六把餐刀六把叉三个杯子该怎么使用，觉得在国内高考不能上重本的人都有智力缺陷，同时认为如果女孩子不够瘦是一件罪大恶极的事。

事后别人问我跟这位海龟精英还有没有下文，我只能硬着头皮说：“他一嫌弃我胖，二嫌弃我有智力缺陷，我在饭桌上都不敢吭声，你觉得我还敢约他第二次吗？”

烁烁还怂恿她的小男友给我介绍了一个他的朋友，绰号卷卷的一个地主家的傻儿子。第一次与卷卷小哥见面，他开一辆保时捷Carrera，那时我坐上副驾驶还能勉强维持住脸上的微笑，心里在想，现在90后的小孩不知是吃什么长大的，竟然长得如此俊俏，卷卷长得有点像边伯贤。

跟他一起吃饭，因为秀色可餐连肉都忍不住多吃了两口。

卷卷可一点不傻，挺油腔滑调的，但也不让人讨厌，第一次见完面，他又主动约第二次。

第二次我在约定地点约定时间等他，迎面一辆黄色的兰博基尼huracan朝我驶来，车子靠边停下后朝我闪灯，帅得亮瞎眼的卷卷探出半个身子叫我上车。

我看着那辆车，这种情况下我的懵逼程度已经不能用表情包来表达了，转身，就朝反方向跑。小哥开着他那辆豪车，跟在我身后追，一边微信里语音笑嘻嘻地问我：“姐姐你跑什么跑啊！”

后来，我无语望天地对烁烁说：“卷卷的事还是算了，跟他在一起太不自在的，看来豪门也不是想嫁就能嫁。”

烁烁冷笑一声，笑里的鄙视不言而喻。

卷卷这事告一段落，不过之后有一天晚上我都睡着了，凌晨一点多，卷卷给我打了个电话。一开始他是拨错电话，意识到找错人也无所谓，很兴奋地对我说：

“姐姐，出来玩儿啊！”

我困得眼皮子都抬不起来，迷迷糊糊对他说：“我玩儿不起你，你太贵了。”然后挂断了电话。

翌日，烁烁跟我打电话，特八卦地巴拉卷卷出车祸了，凌晨两三点的时候开着那辆兰博基尼直撞到防护栏上。当时车上还有一个女孩子，幸运的是当时两个人都没受伤，但是那两个人怕是吓晕了，立刻跳下车竟然车都不要就跑了。

“后来呢？”

“后来警察就来了，然后联系车主啊！”烁烁又继续说，“那车只能拿回意大利原厂去修，据说光修车费都要 50 万。”

我听完情不自禁打了个冷战，突然觉得，我全身上下每个器官都疼。

总的来说，那段时间明明认识了那么多人，有的人比 Z 先生优秀，有的人比 Z 先生有钱，还有的人有钱又好看，但是却没有一个，像 Z 先生那样，会让我牵肠挂肚，朝思暮想，欲罢不能。

我还是念着他的好，偶尔也念着他的坏，直到确定，他的确是独一无二。

有时候我在想，遇到 Z 先生到底是幸还是不幸。终究还是幸运的吧，即便我们最后没有在一起，但是曾与他相遇，令我灵魂回归完整，那将是我一生最宝贵的回忆。

“如果我知道那次见你是最后一次，我一定不会停止记住你的每一个动作，你脸上每一个细微的表情，你说话时每一个语气助词，你的一切。”

“如果我知道，那是最后一次吻你，我一定不会停下来，我愿继续吻你，一直吻你，直到世界末日。”

14

认识徐大哥，也是通过别人介绍，一开始没有见面，只是互相加了微信，聊天的时候发现我们有很多相同的爱好。

徐大哥比我大七岁，就职于一家军工企业的管理中层，本人儒雅温和，说话也很得体，就是有时候，我们互相 get 不到对方的笑点，有点小尴尬。

第一次见面吃过饭，他带我去电玩城打了会儿电动，在八点半就提出要送我回家，我相亲那么多人以来，他是第一个在十一点以前主动提出送我回家的人，因此给我留下挺不错的印象。

所以，后来徐大哥又约我出去了几次，我也没有拒绝。再后来，跟徐大哥比较相熟了，他告诉我一开始认识我，抱着只当认识一个小朋友的想法。当然，后来他的想法有了一些改变，他希望我们能培养出真的感情，然后一直交往下去。

15

徐大哥第一次对我正式表白，是在一间很有情调的餐厅，能够一眼看到春熙路的夜景，他送我玫瑰花，也说了一些很动人的话。

我突然想到，我跟Z先生在一起那么久，他从来没送过我花。Z先生第一次对我表白，还是被我逼出来的，忍不住想笑。

当时我没回应徐大哥的表白，因为他是那种，会是父母长辈眼里，特别适合结婚的人，人踏实上进，孝顺父母，也有不错的工作，跟他在一起没有跟Z先生在一起分分钟都心跳加速的感觉，但内心很平静也很有安全感。

我也不知道我在犹豫什么，但是徐大哥很快就提出，想去我家乡Y市正式拜见一下我父母。

晚上回去的时候，就把这些事跟烁烁说了。

“真打算就带他回去见父母了，不再观望观望？我觉得你们这个事定得有点快。”烁烁的声音里有点戏谑。

“应该吧，反正大部分人最后都不会跟自己最喜欢的那个人在一起，这才是人生常态。”

话虽这么说，心里却是另一番滋味。我常常在夜深人静的时候反问自己，这辈子就要这样过吗？最终嫁给生活，嫁给婚姻，温吞地赏过世俗人间烟火？

虽然不甘心，还是不得不接受，既然不能跟自己喜欢的人在一起，跟谁在一起不是一样的。

很多年前有一个除夕夜，我第一次向他表白，惨遭拒绝，伤心欲绝的我大半夜在自己家阳台哭得像个坏掉的水龙头。

时过境迁，那些悲伤仿佛已经是遥远的百年前的事。

要有多幸运，你的故事里，终于也刻下我的名字。

Chapter 10

以后朝霞是你，正阳是你，
晚风还是你

01

我决定在国庆节带徐大哥回家正式拜见我父母，但这中间出了一个很重大的纰漏，导致我最后带回家的人，是Z先生。

事情起因是一个毫无征兆的电话，Z先生打来的，他说周末要到成都办一件很繁琐的事，顺便约我吃个饭。

我接到Z先生那个电话时，手机差点都拿不稳掉地上了，后来故作镇静地听完他的一字一句，我吞了吞口水："都分手了，再见面不好吧？"

"你在担心什么呢？"Z先生温柔地轻笑了一下，"放心，我不是专程过来找你的。"

"但是你女朋友不介意你去找前女友？"

我们始终有共同的朋友，所以只要有心，还是会打探到对方的情况。

据我所知，我跟Z先生分手了，Z先生好像也交了新的女朋友。大白跟我说的。

反正，当初听到那个消息时我还挺难过了一下，隔天就释然了，我骗自己成熟的很大一部分是接受，难不成你要对方一直对你念念不忘，一辈子不娶？

不管我们如何挣扎，终将被现实打败。

我假装接受Z先生已经彻底不属于我的事实，然后告诉自己不能回头要向前走。

Z先生听我说到他女朋友的事，沉默了一秒多时间，立刻换了副语气。

“没有女朋友，哪里来的女朋友！天上会下女朋友吗？那么多女朋友。”

虽然他有点生气，我听了以后突然有点开心，就好像家里已经穷得揭不开锅了，却突然有人告诉你中了70亿的彩票。放在电脑旁边的小镜子照出我忍俊不禁的脸，我皱了皱眉，把镜子盖上，然后告诉自己，现在可不是该开心的时候。

面对Z先生的时候，我大部分时候很难对他说不。见面这个事，在我搞不清楚是情愿，还是不情愿的情况下，竟然就这么定下了。

等挂掉电话，我清醒过来，立刻把这个突发情况一五一十地告诉了烁烁，烁烁拿抱枕砸我的头，说我是不是傻。她说我太容易受Z先生的蛊惑了，搞不好我跟Z先生两个单独出去吃着吃着饭，突然跪在

地上求他复合。

我问她："那得怎么办？"

缺心眼的烁烁最后帮我出了个主意，让我带上徐大哥和她一起去跟Z先生吃饭。人多势众的话，我肯定不会做出丧失理智之事。

"光有你一个还不行，为什么要带徐大哥？"

"如果你要发疯你觉得我这小身板拉得住你？"

烁烁这话说得我天灵盖一疼。

我跟徐大哥交流了一下这个事情，没有具体说我跟Z先生的过去，只是说前男友想约我吃饭，我想他跟我一起去。

徐大哥反应很快："嗯，我一定要陪你一起去。"

02

Z先生还是老样子，再度看到Z先生的一瞬间，有点开心又好委屈的感觉涌上来，让我不自觉地皱了一下眉头。在见到Z先生之前，我一遍又一遍地提醒自己控制情绪，一举一动都要小心。我以为我做得到，但事到临头，并不是我想象的那么容易。

跟Z先生那么长时间没见面了，感觉真的好像有一百年没见过了一样，此时此刻他就站在眼前，细微的眼神、熟悉的似笑非笑的笑容，让那些早已过去的心跳又一次回来。

Z先生先对我笑了一下，看了看站在我身边的两个人，那笑就不是个笑的味道了。

那顿饭前半程异常和谐，Z先生跟徐大哥都是很懂人情世故的人，能找话题聊，互相敬酒，就像失散多年的兄弟一样热络。

聊着聊着，Z先生突然话锋一转，对徐大哥说：“你一点都不了解赵深深。”

徐大哥可能听出了Z先生话中有话，赶紧说：“我认识深深时间短，的确还不够了解她，但我正在加倍努力地了解她。至少我现在知道深深是狮子座，最喜欢的颜色是绿色，我还知道她左小腿上有个很不明显的一尺来长的疤，是小时候骑自行车划伤的。”

徐大哥话音刚落，Z先生看了我一眼。

那眼神怎么看都不友善，我赶紧埋头喝柠檬水压惊。

“那些都不算了解，”Z先生特别淡定地继续说，“如果你真的了解她，就应该知道你根本不是她喜欢的类型。”

我一口柠檬水差点没喷出来，抬头看了一眼烁烁，她嘴角上翘，

眼睛里透出点邪意而顽皮的笑，而徐大哥，脸色有些难看。

我对上徐大哥的视线，鼓励他勇敢地怼上去。徐大哥看了我一眼，欲言又止了半天，竟一句话也没说出来，只是干笑了一下。

气氛一度非常尴尬，还是烁烁打圆场，才把这个诡异的话题跳过去的。但是饭桌上刚恢复平静，我的手机振动了一下，竟然跳出一条烁烁的微信。

“徐大哥也太不经打了，这就 KO 了啊！”

我心里一万匹草泥马在草原上奔跑，敢情你丫凑这个热闹是来看戏的！

› 03 ‹

吃过饭以后，大家准备就这样散了。

Z 先生指了指我，对徐大哥笑道：“借她五分钟，可以吧？”

可能那种情况下，徐大哥也不太好拒绝，勉为其难地点了一下头。

但是后来 Z 先生告诉我，如果相同的情况，换成是他在徐大哥那个位置，他会直接拒绝：“不好意思，老婆和车子都不外借！”

总之，徐大哥就让Z先生把我带走了。

我跟着Z先生走到不远处一根电线杆下，在外人跟前一向脾气平和的Z先生，突然气得像头小狮子似的。

他说："我们两个吃饭，你把那个男的带来干吗？带了一个还不够，旁边还带一个看戏的！"

我就像个上课没听讲，被老师抓上讲台责骂的学生，被他吼得抖了一下，小心翼翼地瞅着他，两只手简直没地方放。

Z先生瞅我两眼，然后不说话了。他从衣兜里掏出打火机和烟，有那么一瞬，我本能地想接过打火机给他点燃，幸好脑子还没那么浑，忍住了。Z先生抽了一支烟，脸上的表情稍微温和了一些。

他目光在我脸上转了几转，并未做过多停留，然后说："这个人，我帮你审了，人应该挺不错的，挺老实的，适合过日子。五分钟到了，就这样吧，我走了，你回他身边去吧。"

他说完对我点点头，就要走了。

动摇是从什么时候开始的呢？是他在说要走的这一刻，还是从再次见到他的那一秒。心跳快到浑身颤抖的地步，眼看他真的从自己眼皮子底下走了，情绪骤然崩溃，立马冲上去从他背后抱住他，然后开始抽抽搭搭地哭。

烁烁说我单独跟他见面很容易丧失理智，现在看来，即便旁边有人看着，我同样会做出傻事。

Z先生没好气的声音从头顶传来：“你不是要去结婚了吗，还抱着我干吗？”

我一声不吭，只是抱着他不撒手，而Z先生也没有把我的手掰开，任由我抱了好一会儿。

后来Z先生转过来看着我，语气软了一些：“你就那么想结婚吗？”

我被问得有点郁闷，说实话，我当时也不知道他是怎么知道我跟徐大哥有结婚的打算的。

“也不是，就是家里人觉得我该结婚了，这不正在相处阶段么！”

Z先生冷笑一下，用极其温柔地语调嘲讽我：“所以是为了结婚而结婚？”

“差不多吧。”

Z先生很无语，隐有怒气地看了我一眼：“我就知道是这样……那好，我现在问你，赵深深，你想不想跟我结婚？”

我几乎是没有任何犹豫就答应下来，巴巴望着他，无比忠诚：“想，想得不得了！”其实心脏也骤然停跳，回答得快是害怕他会立刻把这句话收回去。

我话音刚落，Z 先生眉头舒展了些，脸色也稍微好看了那么一点，嘴角缓缓向上，翘了一下。

霎时，他脸上又看不出任何情绪，只淡淡说了一声：“那好，你现在过去跟那个人说，你跟他黄了，至于两地分居的问题，我来想办法解决。”

› 04 ‹

我跟 Z 先生在电线杆那里拉拉扯扯，全都落进了徐大哥的眼里，没等我过去跟徐大哥亲口说对不起，他已经看不下去转身走了。

这些都是站在旁边围观，还嫌剧情不够跌宕起伏的烁烁告诉我的。

后来烁烁跟 Z 先生一起回我家，烁烁一边开车一边特别得意地打趣我：“这么容易倒戈，要是放在战争年代，你肯定是汉奸啊，赵深深！”

坐在我旁边的 Z 先生就有点不高兴了，没等我开口，直接冷冷地顶回去：“这叫弃暗投明。”

烁烁嘿嘿直笑：“既攘了外又安了内，Z 先生现在是旗开得胜踌躇满志啊！”

Z 先生眼皮未抬，我也不说话了，默默地红了一下脸。

结果到了我家小区，烁烁去停车，叫我们按电梯等一下她，Z 先生面无表情地带着我走进电梯，直接按了 20 楼，把一路惊声尖叫朝我们狂奔而来的烁烁关在了电梯之外。

然后他又拿起手机，拨她电话："今天天色不早了，方小姐早点回去休息吧……嗯……电梯里信号不好，先挂了。"

然后 Z 先生就把电话挂了，又把我的手机要过去，直接关机。

我望了他一眼，苦恼起来："这样……烁烁明天……会杀了我……"

Z 先生垂目扫我一眼，一脸不知大难将至的云淡风轻，轻轻拍了拍我的肩："不怕，有我在。"

我心里的天气突然阴转晴天，伴随着一阵莫名其妙的窃喜。

Z 先生到我家以后，坐了十几分钟，喝了杯茶，就想回酒店了。

可能是我们两个人太久没说话了吧，等方才那波激情过去以后，我怎么看他怎么尴尬，还不是修复关系的最好时机，Z 先生也看出来我四肢僵硬，语无伦次，于是先说要走了。

他走到玄关，穿鞋，我跟过去，蹲在他腿边。玄关就一盏昏暗的小壁灯，照在我们两个身上，我们靠得很近，Z 先生穿好鞋子，一言不发地看着我。

我看着他的眼睛，把手搁在他膝上，试探着问：“留下吗？”

他果然没那么好忽悠，顺势跟我翻起旧账来了。

“最后一次通电话的时候，你怎么不叫我留下？”

“如果我叫你留下，你会留下吗？”我低头，看着地板之间的缝隙，小声地说，说完又看着他。

Z 先生撩了下眼皮，失笑道：“我一直在等你叫我回来，结果，你一直都在告诉我，你已经不喜欢我了。”

05

Z 先生一直都觉得我那通分手电话来得挺莫名其妙的。

他追问我分手是不是认真的时候，我对他说了一句越来越不喜欢他了，他信了。因为在这之前已经有太多的说不清楚，他自己觉得，我好像是越来越不在乎他了，还有去我家的时候，我也很不愿意把他介绍给我的父母。

我小小地为自己争辩了一下：“不是不在乎你，而是怕打扰你，而且，当时那个情况，我也不知道怎么跟父母说我跟你的事。”

Z 先生嗯了一声，又说："那之后我有天来找你，你没在家，也不肯接我电话，我在你家小区楼下等你，十点多的时候，你跟一群朋友嬉嬉闹闹地回家，换了件衣服，又出去玩了第二轮，直到凌晨两点半的时候才醉醺醺地回家。当时我很纳闷，我们分手了，你怎么能这么开心呢？一点都不像失恋的样子，一定是因为甩掉了我这个包袱，才觉得开心吧！"

我咽了口口水，心虚道："不是这样。"

"那是哪样？"

在这个人面前，完全没办法说谎，我只能承认："我当时……当时的确觉得，跟你分手了，很轻松，但是并不是不喜欢你了。"

这人眼里果然流露失望的神色，做了一个站起来要走人的动作，我赶紧抓住他的衣袖，把他拽回换鞋的凳子上。

他很无奈地看我一眼："你看你，嘴巴上一直都说喜欢我，行动上一点都看不出来。"

隔了一会儿他盯着我又轻声说："你看，我就跟你刚好相反，我都是先做了再说。"

一时间，我们之间有了微妙的沉默，我脸颊微微有些发烫，我意识到，他说得好像也没有错。我们之间，他一直是说到做到的那个，

摇摆不定前后矛盾的一直是我。

我想了想说："我那时很苦恼，有很多事堆在一起不知道该怎么处理，而且我想，你是不会跟我结婚的。"

"你没问，怎么知道我不会。"

"你又没跟我说过，我是女孩子，我怎么问。"

Z 先生嘴唇抿得很紧，眉头微微皱着，有些烦躁的口吻："我想不想跟你结婚，你自己知道。"

"我以前不知道，现在好像知道了。"我乐了一下，然后又不笑，"现在也不一定知道，也许我是在做梦。"

Z 先生瞪我一眼，强调的语气说："怎么，还好像？"

我被他瞪得立马把嘴巴关得死死的。

Z 先生继续说："我以前没跟你正式提这个事情，是不知道两地这个问题该怎么解决，你记不记得有一回你来深圳的时候，你说看到这些人忙忙碌碌地挤地铁，每天像工蚁一样在格子间忙碌，房价和教育费都高得离谱，你觉得很可怕，你说你还是比较喜欢成都和重庆那种慵懒悠闲的城市，不需要赚很多钱，但一定可以过得很开心。我知道你不喜欢深圳，但是有一点我很自私，我还不太想离开现在这个单位，因为在成都和重庆，还没有找到特别吸引我的工作，而想要申请岗位

调动回成都，暂时还没有合适的机会。”

我点点头，Z 先生看我一眼，笑了一下，伸手揉了揉我的头。

“然后呢，你跟娇哥打电话那次，我才知道你已经辞职了，你早就对你的人生有了自己的安排，却一点都没让我知道。当时，对我的打击有点大，我想，你应该是早就想跟我分手了。”

我鼻子突然有点发酸，他说的明明是我们两个一起经历的事，事情在他那里，和在我这里，却是截然相反的两种解释。

› 06 ‹

那天晚上，Z 先生没有离开我的家，我找到一套他以前留在我这里的 T 恤短裤做替换衣服。晚上洗完澡，躺在床上聊了很多东西。

我还问了他，别人说的女朋友是怎么回事。

Z 先生立刻举着双手赔笑：“是她有点误会，但是我没让她误会，旁边人看个热闹瞎起哄。”

他刚把我哄高兴，突然想起什么，脸一横，冷笑道：“你以为我是你吗？”

角色瞬间逆转，Z先生双手放在脑后，默默躺着，不再和我说一句话。

我摇着他的胳膊，不断讨好求和，他翻了个身，送给我一个背，最后不得不使出撒娇这种手段，一把死死抱住他，红透了脸在他耳根子旁小声说了好几次“哥哥你最聪明了，你最好了”，才把这人勉强哄笑。

笑了一会儿，我又想起一件事：“对了，你说你过来处理的那件繁琐的公事搞定没有？”

“差一点没搞定，但后来……突然柳暗花明，我也觉得不可思议。”

“啊，到底是什么事，这么奇葩？”

Z先生斜睨着我，坏笑一下：“你啊！”

我：“……”

然后Z先生告诉我：“几百年没跟我联系过的方烁韵突然给我打电话，先劈头盖脸地骂我是渣男，然后耀武扬威地说你找到了比我好一万倍的男人，要结婚了。那之后，我就总想着再见你一次，只是看看而已，倒真没想着给那小哥难堪。但是赵深深，你非常争气，你大概就是传说中那种猪一样的队友吧，让我对你刮目相看。”

我脸开始烫起来，给了他一拳。Z先生捏住我的拳头，把手指掰开，

手指扣住我的手指放在胸上。

“其实刚开始看到你带着那个男的出现的时候，我真的很生气，转念一想，也行吧，你看男人的眼光一向差劲，我帮你审审，好过你以后受气。”

“我看男人的眼光才没有那么差劲好吧，”我生气地说，“你自己摸着自己脸问自己，打脸疼不疼！”

Z 先生把头侧过一边去笑了会儿，我把下巴搁在他胸口上也跟着笑，他转过脸来捏起我的下巴，垫在他手心里，说这下巴硌得骨头疼。

“我觉得，烁烁可能知道，我很想再见你一面，才故意给你打电话的。”

“嗯？”Z 先生沉吟一声，一边玩着我的下巴，一边慢悠悠道，“的确很像她的作风，像母羊护小羊羔子一样，老护着你。”

几乎又是一个聊到天亮的夜晚。早晨迷迷糊糊睡过去，刚睡没一会儿，手机调的闹钟响了，我眯着眼睛伸手去摸手机，把 Z 先生也惊醒了，他半朦胧状态用手把我头往他怀里揽，亲吻我的耳朵和鬓发。

我翻过身，抱住他，一条腿也压在他腰上，头埋在他脖子窝里，喃喃地说：“你是真的吗？”

“嗯，我是。”

07

Z 先生正式拜访我父母那天，我爸爸拿出了他珍藏二十年的老酒，一瓶比我年纪小不了多少的五粮液。老酒鬼与小酒友喝酒喝得很愉快，但谈得并不是很愉快。怎么说呢，我爸虽然豪爽好说话，跟 Z 先生勾肩搭背的，但从头到尾都不太想谈 Z 先生跟我的事。

其中的微妙不言而喻。

吃完饭我送 Z 先生去酒店的时候，Z 先生话突然就少了很多：“我感觉你爸爸好像不是很喜欢我。”

我心里咯噔一声，往下沉。

“要是他们不同意，我……我就跟你私奔！”我底气十足。

Z 先生又嘀咕：“哎，赵家养了二十几年青葱水嫩的小白菜，翅膀刚长硬，就主动跟着别人家膘肥健美的猪跑了，赵爸爸赵妈妈该多伤心。”

我心里默然给他点了个赞，很好，还知道自己是只猪。

“我刚才跟你说私奔，也只是随便安慰你而已，要是我爸妈这里你过不了，我只能跟你说拜拜了。”

Z 先生“嘶”地倒吸一口凉气，然后突然正经起来：“那我得更努力才行了。”

› 08 ‹

第二天，Z 先生又跟着来我家作客，Z 先生看到我爸成堆的渔具渔竿，就诚心诚意恳请我爸爸教他钓鱼。中午吃过饭，两个男人就带齐装备，跑到郊外水库去钓鱼。

晚上吃饭的时候，我爸的态度就转变了很多。接下来几天，Z 先生又陪他下棋，跟他一起研究木料之类的，渐渐的，我发现我爸越来越喜欢 Z 先生了。

最后一天吃过饭，爸爸开始询问 Z 先生家里的父母身体安康，然后问他什么时候回家，家里好准备点特产让我带回武汉之类的。

后来我问 Z 先生：“你是怎么说服我爸爸的？”

Z 先生朝我看了一眼，淡淡的语气：“赵爸爸也不是那么不好说话，就是拿出比之前多一百倍的诚意，打动他呗！”

“啊，你做了什么？”

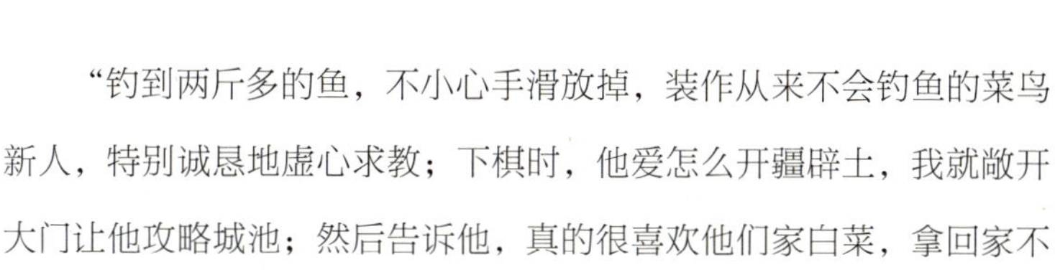

“钓到两斤多的鱼，不小心手滑放掉，装作从来不会钓鱼的菜鸟新人，特别诚恳地虚心求教；下棋时，他爱怎么开疆辟土，我就敞开大门让他攻略城池；然后告诉他，真的很喜欢他们家白菜，拿回家不会随随便便剁成渣煮成汤，而是拿到菩萨面前当贡品供起来。”

他嘴巴讨厌得我又想揍他了。

Z 先生抓着我的手，继续笑着说：“最后呢，我跟你爸爸说，我会在成都买房，在成都工作，他们只是舍不得你远嫁，听我这么说了，他们就放心把你交给我了。”

我愣了一下，不可思议地看着他，Z 先生看着我，一脸坏笑，一副早知道你会有这种反应的表情。

他捏了捏我的鼻子，刚刚在我心里滑过的一丝心酸，因为这个小动作而消失不见。

接着，Z 先生露出一副委屈表情：“我都做好入赘你家的最坏打算了啊，老婆大人，你以后可得对我好点啊！”

“嗯，一定对你好！”我拼命点头。

Z 先生继续懒洋洋地说：“得是那种心灵上的安慰与身体上的安慰都要齐头并进的好。”

“嗯！”我小鸡啄米似的点头，猛地察觉不对味，把头从他怀里抬起来，“嗯？”

于是又羞又愤地吼他：“你最近是不是吃错了什么药，越来越不正经了！”

› 09 ‹

见完我父母后不久，又轮到我去拜见 Z 先生的父母。

在飞机上，Z 先生跟我简单说了一些家里的情况。Z 先生的爸爸早年是一家国企的副厂长，后来他赶了个潮流下海了，拿出多年积蓄，弄了家木材厂。Z 先生说他念小学和初中那会儿，正遇到市场行情好，家里条件突飞猛进，他也过了一段很短暂的，有钱人的生活。

“一夜之间，学校小卖部零食我可以不看价格随意买了，当时我觉得自己简直是人生赢家。”

但是很快又一夜之间又被打回原形，从住了没几天的别墅赶回了没有电梯没有空调的老房子，还背了几十万的债。

好在 Z 先生的妈妈是个医生，一份稳定工作让他们一家三口不至于饿死，总之一家人咬着牙熬过了最困难的几年，现在就是很普通人的生活。

Z 先生说完这些，又告诉我："现在你知道了，我们家不是大富大贵的人家，所以做好心理准备哦，没办法让你做十指不沾阳春水的阔太太，不过，我会努力让你过上阔太太的生活。"

我咧嘴直笑："我家也是普通家庭，我也只是普通女孩子，贫穷会限制我的想象力，所以我要得不多。当然，如果是跟你在一起的话，标准还可以降低一点，去大街上要饭我也是乐意的。"

Z 先生久久地望着我，脸上绽放一个大大的笑容，然后伸出手来捏了捏我的脸。

我见他欲言又止，心里美滋滋的还以为他要夸我，结果，这人叹了声气："唉，赵深深小朋友真是一个奇怪的孩子。"

"哪里奇怪？"

"你这么说我很欣慰，但是你太好养了，让我突然失去了奋斗的动力。"

我语塞了一下，抖擞了一下精神平静道："婚戒至少得是一克拉的 Tiffany，婚礼我要户外婚礼，婚纱我要王薇薇的，还有什么彩礼啊，房子啊，车子啊，你自己看着办，缺一样都别想让我跟你去扯证。"

Z 先生顿时乖乖的不吭声了。

10

Z 先生的爸爸真的一点脾气也没有，长得跟 Z 先生也不像，白胖白胖的，一天到晚乐呵呵的，像尊弥勒佛。现在郑爸爸还在做一些小生意，大生意是郑妈妈不许他做了，怕以前担惊受怕的生活再来一次。

一次上街，跟郑爸爸一起去买菜时，发现他很容易就被菜摊小贩讹秤。后来我偷偷跟 Z 先生咬耳朵："很难想象你爸爸这样出去跟人谈生意哎！"

Z 先生笑，也低下头对我咬耳朵："别看他这样，在大是大非上特别谨慎，那叫一个运筹帷幄高瞻远瞩舌灿莲花，在这方面，我完全没有继承到他的才干。"

Z 先生的妈妈，就严肃很多，脸上很少有表情，话也很少。

第一次在他们家吃饭的时候，我想帮忙下厨，他妈妈就冷着个脸把我从厨房赶出去。

吃饭的时候，虽然有 Z 先生的爸爸在旁边一直说话，气氛很活跃，但是我一直小心翼翼的，关注着 Z 先生妈妈的反应，很怕她不喜欢我。

但是她好像真的不太喜欢我，都不怎么看我，一直皱着眉头，有

时候还撇了撇嘴，就是很不满意这个未来儿媳妇的表情。

晚上我跟 Z 先生出去散步的时候，我都要急哭了。

“你妈妈见过 Y 吗？”

“知道，没见过，看过照片和视频，怎么了？”

我一脸生无可恋，全身无力地往下一蹲，差点一屁股坐到马路上。

“难怪她不喜欢我。”

有 Y 珠玉在前，她怎么可能喜欢我！

“啊？”Z 先生很莫名其妙，上下看了我好几眼，“谁不喜欢你，我妈？”

我转头望向 Z 先生，突然火大得不行：“还有，都怪你啊，在饭桌上一直给我夹菜，我又不好意思把菜剩在碗里，只有拼命地吃，然后你妈妈看我的眼神，那个嫌弃，一直不停地撇嘴、皱眉，其实，我本来吃得不多的。”

Z 先生默默无语地看我两眼，接着捧腹爆笑如雷。

我指着他：“你还在笑！一点都不好笑！”

Z 先生调整了一下情绪，敛了笑，但那笑明显有点收不住，他边笑边说：“我妈撇嘴皱眉是因为她牙坏了，痛得不行，而春节医院医生都放假了，她没有预约到看牙的号，就只能这样了。赵深深你摸着

自己的良心说，你这么爱给自己加戏，是不是戏精中的战斗机。”

我：“……”

11

除夕那天晚上，新年前十二点钟声一过，放完鞭炮，有点翻来覆去睡不着。

不知什么时候，听到敲门的声音，起先以为是幻觉。等敲门声已经消失时，突然想起什么，翻身下床，把门拉开一条缝。

Z 先生从门缝里挤了进来，一把抱住我。

我跟 Z 先生说：“Z 先生身上继承了郑爸爸和郑妈妈的所有优点。”

“嗯？”

“待人诚恳像爸爸，说话涵养像妈妈。”

Z 先生笑了一下，也想到什么说什么：“你别怕我妈，我妈就是那样，不喜欢吃饭，不喜欢出去交际，不喜欢宠物，这样也不喜欢那样也不喜欢，很多时候我觉得她什么都不喜欢，不喜欢我也不喜欢我爸爸，但是她是那种人，只要我喜欢的，她就不会反对，还会大力支持，这点跟我爸截然相反。”

“你爸爸会反对你？”

“嗯嗯，”他喉咙里轻轻发声，“比如他以前喜欢看踢足球，就很讨厌我打篮球，逼着我踢足球，还把我的篮球扎烂了好几个。”

我惊讶不已：“真是看不出来呢！”

“嗯。”Z先生刚说完这个，话音一转，“大过年的，你都没有礼物送给我吗？”

我特别实诚：“没有。”

Z先生把我往床沿一推，我差点落下去，他又拉了我一把，把我拉回来，然后就开始不高兴了：“没意思。”

我想了想，低头看到自己粉红色睡衣上的蝴蝶结，我伸手捏了捏他的鼻尖：“我把我自己送给你好了，你看，我连蝴蝶结都扎好了。”

Z先生笑得有点坏，突然画风一转，开启老干部训话模式，缓声说：“赵深深，你跟谁学得这么坏？”

“跟你学的。”我摊开手，“我的礼物呢？”

“嗯嗯，有的有的，我给你准备了一沓《C语言编程实例》的复习资料，还在网上给你买了补习班的课程，超级VIP课程哦，够你学大半年了。你看我对你好不好！”

我：“谁大过年的要这种好啊！”

第二天，我还在床上，他老早就收拾好了，递了个饼干盒子给我，说这才是我的新年礼物。

饼干盒子里装的是一百多张来自世界各地带邮戳的明信片，有的是他出差时买的，有的是他在各种论坛上跟别人换的，就这东西，花了他几年时间来收集。

Z先生说："这个就交给你保管，以后咱们一起去了别的地方，再放新的进去。"

我乐："是我们一起？"

他不觉一笑："那你还想跟谁？"

"就跟你，就跟你，你去哪里以后我都跟着你。"我抢着说。

这些明信片明明很轻，放在手头却沉甸甸，好像有整个世界那么重。

岁月那么长，以后不管是去哪里，漫天飞雪也好，终日无光也罢，我们都一直在一起，真好。

12

早上吃早餐时，这人一直哈欠连天，他妈妈就在旁边说："大过年的，放假在家也睡不好么？"

我跟Z先生同时愣了一下，赶紧互相换了个眼神。

Z先生面不改色："昨天晚上鞭炮声太响了。"

我一声不吭，埋头吃早餐，吃热干面。

春节结束，我跟Z先生一起离开武汉的时候，我站在他家的楼下，左晃晃，右看看。

他拽我一下，笑微微地说："在干吗呢？"

我说："这是我第一次跟你一起过年，感觉好奇怪。"

Z先生想了一下，然后郑重其事地说："说起来你还真是可怜嘞，以后每年过年你都没办法再选择跟别人过了，只能跟我在一起。"

我忍不住笑起来。

脑海里突然闪过一些过去的旧事，很多年前有一个除夕夜，我第一次向他表白，惨遭拒绝，伤心欲绝的我大半夜在自己家阳台哭得像个坏掉的水龙头。

时过境迁，那些悲伤仿佛已经是遥远的百年前的事。

要有多幸运，你的故事里，终于也刻下我的名字。

› 13 ‹

次年 4 月跟 Z 先生去领的证。

刚从民政局出来，跟两边的父母打电话说已经持证上岗了。

郑爸爸特别兴奋地在电话里对我说："深深啊，爸爸以前还偷藏了好几块黄花梨木和红木的板子，现在我马上联系最好的木工，给你们打造一套家具，等你们搬新家以后就可以用了。"

Z 先生接过电话一脸嫌弃："谁要用那种退休老干部式的家具啊！"

郑爸爸吹胡子瞪眼的："你这就是不懂欣赏，我跟你没办法交流。"

郑妈妈看上去依然不是那么热情，但是比春节在家的时候稍微有了点儿温度，说来说去还是那几句话，让 Z 先生好好照顾我，没说几句又把手机给了喳喳哇哇的郑爸爸。

我爸妈这边呢，我爸见了 Z 先生，就完全忘记还有我这个女儿。

拎着电话跟 Z 先生聊了很多，最后一句是问 Z 先生什么时候回老家，因为我爸又找到一瓶他藏在柜子里 1997 年的全兴大曲，让他赶紧回来喝。

Z 先生一听我爸描述说，那瓶盖一拧开，整个房子里都是香气，

眼角眉梢嘴角都往上挑。

双方父母那边交代好了。

我跟Z先生准备找地方吃饭,Z先生步伐轻快,脸上带笑,也不说话,不知道神思飘忽到哪里去了。

我站住脚步，歪头看着他：“你在想什么，怎么笑成这样？”

Z先生面带微笑看着我，想也没想老实交代：“原来爸爸珍藏了那么多好酒啊,不知道再下一次他会拿什么酒出来呢,真是令人期待！”

我抓狂：“原来你跟我结婚就是为了喝我爸爸的酒吗？”

› 14 ‹

在办酒席以前，我特别兴奋地订了机票，要Z先生跟我一起去泰国拍结婚照。

不过在去之前，又去了一趟深圳，跟大白和娇哥见了面，吃了饭。

晚上一起去K歌的时候，趁着Z先生出去结账那会儿，娇哥坐到我面前突然跟我说，他生平最讨厌赵雷的《成都》。

我说：“赵雷得罪你了啊？”

娇哥瞟我一眼，语重心长地告诉我，有一回他们去唱歌，Z 先生喝了不少，然后在点歌器上把这首《成都》点了一遍又一遍，Z 先生自己又不唱，就坐在沙发上，看着屏幕发呆，于是娇哥和大白就帮他唱，把《成都》唱了没有二十遍也有十遍，现在一听到《成都》的前奏，浑身都发抖。

“那时候你已经回成都有两三个月了。我就跟大白说，这小子身在曹营心在汉，还念着呢，早晚还是会跑到成都去。”

我没想到背后还有这样一个故事，我曾经自问自己，在我无数次想起他的时候，他会不会也正好想起我？当时只是劝自己别太钻牛角尖，要展开新生活，没想到，他真的也有想起我。

娇哥还告诉我，虽然那时候我还在重庆，但是成都离重庆很近，Z 先生很早以前就在申请调动去成都工作的机会。他们都叫他别走，因为深圳发展好，Z 先生没太跟他们解释，只开玩笑说自己早晚都是四川的女婿。

我们闹分手那回，Z 先生连续加班一周，晚上只睡两三个小时，差点没猝死，而这一切不过是为了早点把项目弄完，好赶着跟我见面。结果我在机场连话都没听他说完，直接跟人家说了再见。

“人家用生命在跟你谈恋爱，你转头就跟人家说分手，分手了就

算了，那么快就着急着相亲，你说你的良心是不是被狗吃了。”

一时间，他把我说得哑口无言，有些懊恼，又有些内疚。

为什么我非得靠别人的眼睛，才能看懂 Z 先生平静背后的一片柔情。

› 15 ‹

晚上回去的时候，路过文身店，我突然就对坐在车上的 Z 先生说：“既然要拍婚纱照，我们去文个身吧，那样照片拍出来得有多酷。”

他问我想文什么？

我说：“就文，郑先生，我要一辈子对你好，你让我感到了难以想象的幸福，我愿意用余生让你和我一样幸福。”

嗯，那些都是我的真心话，可是要我直接告诉他，太肉麻也太难为情了。反正就是那个意思，他会懂。

Z 先生皱眉：“文那么多还不得疼死啊？”

“为了你我不怕疼啊！”

Z 先生不觉莞尔：“你这么文不对，你看你这些话是对我说的，

所以这句话应该文在我身上，这样我才能随时随地看到。”

我一乐：“那我文什么？”

“你就文我想对你说的话，文个‘好’就行了。”他缓缓地说。

我看着眼前的男人，看了一眼又一眼，看不腻似的。

于千万人中，他也不过是个普通人，但是他却是千万颗星中，属于我的那颗星。喜欢他遇到任何事都从容的眼神，喜欢他嘴硬心软，喜欢他从后面给我拥抱，喜欢他包容我的一切缺点，喜欢他让我觉得，这世界这么大，我爱的人竟然也爱着我，而且丝毫不比我少。

遇到他，真的是件特别美好，又特别幸运的事。

16

去泰国拍婚纱照我定的时间是五一节假期，而 4 月到 5 月初是泰国一年之中最恐怖的季节，气温高得你简直怀疑人生。下飞机以后，Z 先生一直处于热到神志不清的状态，等到第二天去拍摄地领到那些遮得严严实实的西服西裤，瞅一眼天空中艳阳高照，他脸上的表情是崩溃的。

傍晚的时候，我们坐在沙滩上看太阳一点点沉到与海平面相接，远处水天相接的地方逐渐变成醉人的红色，而后夕阳落下去，夜色渐浓，四下无人，只有海水击打的声音。

一切安静得有些寂寞，风大的时候，Z 先生从身后搂住我，嘴唇轻轻地吻过我的脖子，微凉的海风让我对他的体温感触尤深。

没有轰轰烈烈的荡气回肠，平淡一样感人至深。

我侧过头去望着他："我发现我除了爱你，什么事都做不好。"

"我也爱你，再加一个副词，特别。"Z 先生用喉咙深处轻得不能再轻的声音说，脸上有一个微妙的可爱表情，那个表情，带着阵阵温热的暖流，再次触到了我的心。

› 17 ‹

Z 先生由始至终没有向我正式求过婚。在泰国的最后两天，还发生了一件小事，一点也不浪漫，也没有仪式感，但那也算是 Z 先生向我的求婚吧！

有一天气温又在三十七度上下徘徊，我很对得起泰国的太阳对我

的偏爱，争气地中暑了，蹲在街边就开始呕清水。

Z先生把我拎回酒店，看我的眼神充满同情。

Z先生说去附近药店给我买点去暑的药，我闭上眼睛睡了个昏天黑地，等再睁开眼睛时，外面的天都开始黑了。而Z先生，不知道他什么时候回来的，拎着一个白色口袋，在房间里走来走去，我爬起来喂了一声，他吓了一跳，然后把装着饮料零食的塑料袋塞进小冰箱里。

我说："我饿了，要吃饭。"

Z先生闷闷地看了我两眼，眼神不定地漂浮了一下，然后笑了笑，说好的，然后就带我出去吃饭。

那天到晚上睡觉，都没觉得有什么奇怪的，第二天早上我们起床，梳洗完，我绕出来想找东西吃，一开小冰箱，翻来找去，竟然找到一个朱红色的盒子。

我转过脸，面无表情："喂，你把戒指放在冰箱里干什么？"

当时Z先生原地一动不动地愣了好几秒，然后眨了眨眼，明显心虚地回我一句："噢，我都忘了这个事。"

"求婚也能忘记吗？！"

"第一次求婚，没经验，也没人指导，我能怎么办？大不了下次我努力一点？"Z先生含含糊糊地为自己开脱，并且把事情越描越黑。

“就你这种求婚的态度，活该打一辈子光棍。”

18

接下来就是我叉着腰坐在床上，一副太后的姿态，Z 先生站在我面前，像本本分分的小媳妇，向我解释到底是怎么回事。

昨天他出去以后，顺便去了 Siam Paragon 商场买了只戒指。我问他你怎么知道我戒指号的，他说就拿了一只你平时戴的戒指过去给售货员看呗。Z 先生买到戒指以后，在网上查了很多求婚视频，什么摆爱心蜡烛啊，或者把戒指藏在冰激凌里之类的，他看完以后，觉得……

Z 先生特别理直气壮：“我发现我全部做不出来，别扭又肉麻！”

我内心只剩无数个放大的问号与无限的省略号，Are you kidding me？连求婚你都觉得肉麻别扭，这世上还有什么事是让你觉得不别扭的？

我没给他好脸色，Z 先生继续说：“然后我正在想该怎么办的时候，你就醒了，我顺手把戒指塞冰箱里，准备回来再想办法。”

我心里又是一个大写的蒙圈：“结果回来你忘了。”

“是啊！”

我在心里一直给自己灭火，我告诉自己，你难道还不了解这人。他要是真的做得出来那些浪漫的求婚桥段，他就不是他了。

算了吧，人生总是有遗憾的，至少人家还记得买戒指呢！我越劝服自己，越觉得心中倍感凄凉呢！

我拿起那枚戒指看了看，又是失望：“不是 Tiffany 的呢！”

的确不是那个粉蓝粉蓝充满少女心的 Tiffany，而是 Cartier 1985 经典款，光洁的铂金戒圈，四爪的托顶着一颗素雅的主钻，除此之外，没有任何多余的东西。

“我知道你之前说想要 Tiffany，Tiffany 我去看过了，预算只有那么多，既然要买，就要买同等价格更好的。”Z 先生走过来，坐在我身边，拉起我左手，手指抚弄着我手上的戒指，继续告诉我，“很小，只有五十分，E 级成色，VVS2 净度，3ex 切工，选择这个最简单的款式，因为它的形状是圆形，圆形火彩最好。你先戴着，等以后搬砖挣了钱，我再拿一克拉的跟你换。”

我眼睛眨也不眨地看着他：“你连这个都知道，我都不知道，什么 e 成色什么火彩之类的，第一次听说。”

“本来不知道的，因为要买，所以查了很多资料。而且虽然都是

做珠宝的，Tiffany 以前是靠做文具饰品和银餐具起家的，1853 年以后才开始做珠宝，Cartier 创品牌以前一直就是做珠宝的，你们女生不是说钻石代表爱情一颗恒久远么，比起 Tiffany，Cartier 可久远得多。”

我低头又看了两眼戒指，也不知道是不是心理作用，钻石突然变得太闪太亮，让人完全无法抵抗，我脸上一直在笑，发自内心地笑，突然想明白，为什么女孩子对戒指总是那么执著呢？

因为，哪怕只是一枚镶着小小的钻石的戒指，却承载着一生、一次、一个人，所有的刻骨铭心。

然后我开始客气：“其实我对这个东西不是很在意啦！你还不如在淘宝上给我买，几百块钱可以买个七八克拉的鸽子蛋了，戴在手上一个样子，又闪又亮，别人也看不出来真假。”

我话音刚落，Z 先生黑脸了，他把手伸过来：“那你还给我吧，自己去网上买一个。”

我把手背到身后：“那可不行，送出去的东西怎么可以拿回去。”

Z 先生看我开始耍无赖，不由得笑了。

房间里突然安静下来，谁也没说话，他看了看前面，又看了看窗外，垂头又看了看我，我一直眉开眼笑地注视着他，像是永远也看不厌似的，他忍不住大笑了一下，抿了抿嘴唇，视线又飘向别的地方。隔了几秒钟，

又转过来看着我，稍微收了点笑，认真地看着我的眼睛，我发现他的眼睛里有星星。

“怎么一直这么笑着看我？”他问。

“因为我现在特别特别高兴！”我赶紧把戒指从手指上褪下来。刚才试戴了一下，有点松，不过没关系。

戒指递到Z先生手上，我着急地说：“快点帮我戴上。”

Z先生微笑着给我戴上，举着我的爪子在我眼前晃了晃，然后叫我：“郑太太。”

“嗯，郑太太！”我笑得脸都僵了，可是还是好开心。

“Z先生，你对我真好。”

“我不对你好，你还想谁对你好？”

“我喜欢钻石，不，我是说，我喜欢这个，我喜欢你给我买的这个戒指，可能它不是最完美的一个，有很多瑕疵，但是它就像我喜欢你的心，是世上独一无二而且绝对纯粹的。从遇见你的那一天起，我都会把一次的偶然当作缘分，因为我愿意相信，老天爷是看得到我喜欢你这份心，所以给了我一次次机会，把你推向我，或者让我更加靠近你。只要你向我走一步，我就会向你走九十九步，这是，我爱你的最高形式。”

Z 先生看着我，眼睛里带着点笑意，指了指自己的心口位置：“你把它感动到了，它也有话要对你说。”

我乐不可支地点点头。

Z 先生望着地板，稍微整理了一下心情。

“我的确不知道你是什么时候走进我的心里的，但是你慢慢走近我的生活以后，我所期待的所有美好，都与你有关。我喜欢你，在所有的时候，偶尔也喜欢别的东西，在它们能让我想起你的时候，所以，可以把目光一直只留在我一个人身上吗？就像现在这样。”

他的嗓音温暖而轻柔，熟悉得叫人感觉不到，每一次呼吸都撩拨着我的心弦。

有一种感觉，沉重异常却又圆满地包裹着我，很难具体描绘它的美好，但我知道，这种感觉，跟我想要的幸福离得如此近。

“余生有你在身边，不怕变老。若和你只过好每一天，一辈子也不够长。”

于千万人之中与之相遇，他或许就是《小王子》里那朵带刺的玫瑰花，纵然普通、傲娇又扎手，对我而言，依然是独一无二的存在。

后记

总有人从你全世界路过，
带来一片兵荒马乱

故事写到这里，已经结束。

为了磨这篇后记，前前后后花了我一个月时间，可为难死我了。我对我的责编二喵说，我觉得读者看完以后，也会有自己的思考和感悟，应该不用我再画蛇添足多说什么了嘛！二喵说，别呀，读者还想知道你的心路历程呢！你就写你心里话，特别想对他们说的话。

其实，我心里最想对读者说的话，早在之前的一篇专栏里都说了："一段坏的感情会让你失去全世界，但一段好的感情会让你看到全世界。"我很幸运，有生之年遇到了他，他让我变成了更好的自己。

写这个故事的初衷，其实是有很多的。

比如，很多后来认识的朋友知道我家先生是我倒追过来的，他们惊讶我们初识的机缘，唏嘘我们百转千回最终还是逃不过把对方套牢的缘分，所以不断哄我把这段经历写下来。经不住被煽动的我，也有了跃跃欲试的冲动。

又或者是看到那些鹤发鸡皮生活不能自理的老人，我陡然想到，有一天我也会老去，也会健忘，也会记忆错乱。我只是一个小人物，没有那么多传奇似的精彩，但我所有极端的快乐，极端的痛苦，都与他有关，我要赶在我老到神志不清以前，记录下他对我所有的好，还有所有的坏。人生苦短，但到最后，总是能留下点儿什么的。

真正尝试着落笔以前，我跟责编商量，希望按我的方式来写。我希望这个故事，不仅仅只是秀恩爱与甜蜜，我还想把它不够美好的那一面也写出来。因为一段爱情关系里，从来不只有美好、追逐、欢喜，也有争吵、无数次失望与苦痛。爱有百转千回，你不能只展现爱情好的一面，而掩盖它确实存在的缺陷。

如果有的读者在看这本书的时候，除了跟着笑，跟着哭，还能够有这样的感触，那么，身为一个作者，我会感到无比自豪。

这是一段成长经历，一个畏首畏尾的小女孩，学会了如何为自己想要争取的东西而勇敢站出来；

学会对所有未知的事满怀最好的期待，并能忍耐等待中的寂寞与孤独；

学会包容自己所爱的人，珍惜自己所拥有的一切；

学会去爱人，也学会把自己变得值得被人爱。

责编对我很好，她说，你就放放心心按你的想法去写。于是，从

2018年春节的最后两天，我开始动笔，只花了一个月时间，就写完了初稿。写作从来没有如此顺畅过，想要说的东西太多，几十万字都不够写。

玛格丽特·杜拉斯曾说过：爱是平淡生活中的英雄梦想。

在遇到我家先生以前，我看很多爱情小说、文艺片，能够很轻易地说出那些有关爱情的名家名言。

我以为我很懂爱情。也谈稀里糊涂的恋爱，跟对方牵手、拥抱，也谈未来。我以为那些就是爱情。

如果没有遇到我家先生，我不会明白，原来爱情应该是那个样子的——要有义无反顾的决心，像是一场看不到未来的豪赌，赌注是我能付出的所有。

想他的时候，只是，想他，想他，想他，想他。

想到笑，想到痛，想到疯狂。这是爱情，是折磨，是热情，也是欲望。

其实，我家先生并不够好，正如你们所看到的，他总是惹我哭，他自负又自恋，他讨厌解释和说甜言蜜语，而且直男癌严重。

但是不知怎么的，对他我总是看不腻。喜欢在夜晚和他散步，喜欢他从后面给我拥抱，喜欢看他穿格子的衬衣，喜欢他认真的表情，喜欢他对待朱朱从容的态度，喜欢他扬起“鞭子”督促我上进，喜欢他嘴巴上说不好，行动上又会对我妥协。他让我懂得我并没有自己想象的那么差，他让我发现我居然会吃醋，会疯狂地思念。是他让我明白所有不可原谅都可以原谅，但是女孩子在爱别人以前，一定要先学会爱自己。

于千万人之中与之相遇，他或许就是《小王子》里那朵带刺的玫瑰花，纵然普通、傲娇又扎手，对我而言，依然是独一无二的存在。

时间会让深的东西越来越深，会让浅的东西越来越浅。有人曾问我，跟我家先生在一起那么久，他做过最感动我的事是什么？

我告诉他，最感动的事，是他在遇到我之后他为我改变了很多。

年轻时的我，天真无知，又患得患失，老紧张他是不是真的在乎我。我家先生则是个很独立的人，个性很强，认定的事难以轻易被别人改变，讨厌别人给他找麻烦，即便脸上笑眯眯的好老人模样，酷得走路带风。

所以你们知道，我们之间少不了无法沟通与争吵。后来，我慢慢学会不能任凭心情的波动就打乱自己的生活节奏，学着不去对他服软，至少在感情上不要那么投入。可是很奇怪，不知道从什么时候开始，反而他开始一味迁就我了。

很久以后，我问他怎么变了。他说："当两个人个性都很强时，其实很容易一东一西就走散的。我不能总让你像以前一样为我改变，我想我也应该为你改变，这样才公平。"

然后我的心咻的一下就融化开来，不是一下子就被感动晕，而是那种被细水长流宠坏的感觉。有人说，爱应该是让人变得温柔与勇敢，而不是时常会让你委屈或妥协，可是，有时候，那些生活中一点一滴的妥协与迁就，哪里又不是因为爱呢！

以前总是被朋友说，是你选择了他，是福是祸以后都是自己担了。即便现在，我也不知道我跟他的未来是福是祸？也不确定我跟他会走到哪里？是否能像婚礼誓言那样白头到老？但只要这一刻，我真真实实地拥有过，未有遗憾。

没有说过永远，但希望，每个明天他都在。

我希望你们依然相信，只要你足够坚定，这世界即便让你失望一千次，第一千零一次，它也会为你低头。

好好生活，活成自己喜欢的样子。当有一天那个喜欢的人来了的时候，可以底气满满地对他说，嗨，你怎么才来啊，我都等你好久了！

爱一个人时，应该全力以赴。不过也请永远记住，女孩子可以大胆追求爱，但是不能放下尊严和自尊。感情是两个人的事，他如果不爱你，就要多爱自己一点。

任何时候都可以开始做自己想做的事，希望你不要用年龄和其他东西来束缚自己，在这世上，能够为难你自己的，从来只有你自己。

最后，祝愿每个人都会找到十指紧扣的那个人，相濡以沫，相恋一生。

赵深深

2019年1月22日于成都

25

附录

深深欢喜的小时光

赵深深&Z专访

1. 可不可以用一个词分别形容一下现在的他或她。

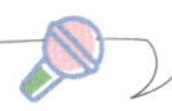

Z先生：猫。

赵深深：渣。

Z先生：渣？

赵深深：下一题。

2. 提问：深深和Z先生，觉得对方和最初印象中最大不同之处是什么？

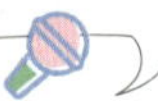

赵深深：最开始觉得他高傲又能装，不好亲近，面相还凶。相处久了，发现这不就是个超龄熊孩子嘛。

Z先生：最开始觉得她有点儿小狡猾有点儿笨。她那个朋友跟她一样笨，嗓门还贼大。相处久了，觉得笨也算可爱的一部分，至于小狡猾嘛，还蛮有挑战性的，那种一点点把她小伎俩拆穿，把她吃得死死的过程，还蛮有趣的。

赵深深：我这算见识了什么叫舌灿莲花，化腐朽为神奇，明明是贬义词，都能给编圆了。

Z先生：画重点，我这是在外人面前给你留点儿面子。

3. 深深最吸引 Z 先生的特点是什么？

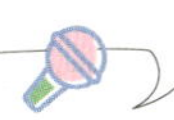

Z 先生：漂亮。

赵深深：胡说八道。

Z 先生：漂亮是对一个女生最大的恭维，虽然你现在装着面无表情，心无波澜的样子，但是我知道你今晚会开心得睡不着。

赵深深：谢谢，您还真是善解人意呢。

Z 先生：我一直以为我的优点是"善解人衣"呢。

赵深深：……

Z 先生：最后这两句刊登的时候删掉吧。

（主持人：一定不会删。）

4. 从恋爱到结婚，有什么改变吗？或者是有什么不一样的感觉？

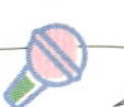

赵深深：没什么改变啊，就跟以前一样。

Z 先生：变了，以前一言不合就对着我撒娇，现在一言不合就先对我动手。

赵深深：？？？

5. 印象最深的一次约会？

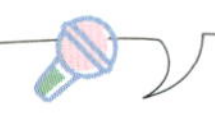

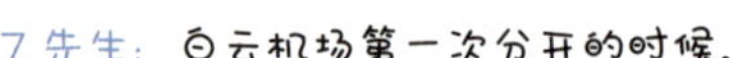

Z先生：白云机场第一次分开的时候。

赵深深：是Z来重庆，我带Z去玩那次。

Z先生：理由？

赵深深：那时候我还在暗恋期。

6. 最近有为什么事情吵架吗？

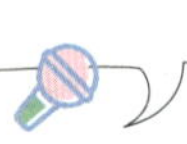

Z先生：你们很盼望我们吵架吗？

7. 深深生气的时候，Z同学都是怎么哄深深小可爱的？

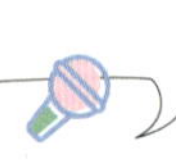

Z先生：针对不同的生气，哄的方式也不同。

给她讲道理，不过通常都是不太管用的。

给她买东西，偶尔会管用，但是女人心海底针，她收了东西，还常常会说你态度不对，我就搞不明白了，这跟态度有什么关系。

还有时候呢，大家都比较激动，都说君子动口不动手，那既然不能动手只能动口那就直接亲吧，这一招通常是比较管用的，不过她后来有经验了，我这招就逮不到很好的时机施展了。我现在也有点儿烦恼，基调起高了，以后再吵架该怎么哄。

赵深深：污妖王。

Z先生：你之前不是说爱污及污吗？

8. 在哪一个瞬间，Z你觉得深深是值得你付出一生去呵护的人？

Z先生：向我表白的时候，第一次确认关系的时候，跟别人跑了的时候，领证的时候，交换戒指的时候。

赵深深：认真？

Z先生：嗯。

9. 异地恋真的超难，Z当初是怎么确定下来和深深共度余生的？

Z先生：应该说一直以来都在考虑结婚的事。

10.Z 先生和他前女友是怎么分的？

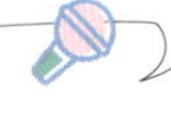

赵深深：EX 出国求学，异地分手。

Z 先生：你们怎么会问出这种问题？？？

11. 听说深深可以去当鞋店老板娘了，有什么感想？

Z 先生：她还能有什么想法，当然开心到爆炸。

赵深深：也没什么特别开心的，也不过是，万一哪天破产了，还能靠卖鞋为生。

Z 先生：你确定你要这么做？

赵深深：你信不信我今晚就把鞋挂咸鱼上去发家致富。

12. 提问 Z 先生：对于深深的各种吃醋，是不是心里早就百花齐放了？怎么治好审深这个醋精的？

Z 先生：女孩子这样不好，大家不要学她。

赵深深：你前几天明明才说，喜欢吃醋的赵深深，特别喜欢，很可爱，很迷人，很闹别扭，奶凶奶凶的。

Z 先生：那只能说明我求生欲很强。

赵深深：……

13. 鲸鱼宝宝出生后，深深或者 Z 会担心自己的地位会不保吗？

Z 先生：赵深深一直都是女王啊，没有鲸鱼我就是食物链的最底端，有了鲸鱼，我还是食物链的最底端，不存在失宠一说。

赵深深：你对自己的定位有很清醒的认识。

Z 先生：那不然呢？

14. 如果有《小时光 2》的话，会写小鲸鱼和猫狗吗？

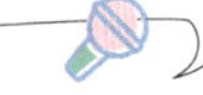

赵深深：当然，如果读者想看的话。

15. 如果……小鲸鱼和深深吵架了，你会帮谁？

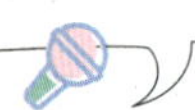

Z先生：其实，这个问题你们不用担心，因为鲸鱼跟她妈的感情明显好过跟我的感情。有天晚上给鲸鱼洗完澡，正在哄睡，我亲了她妈一口，结果快要睡着的鲸鱼一下子就气醒了，挥着小胖手“哇啦哇啦”的想把我从她妈身边推开。由此可见，未来不管有理没理，她都是站她妈那边的。

赵深深：真是个可怜的爸爸。

16. What is love？你们所认为的爱是什么？

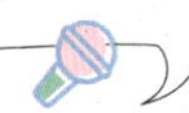

Z先生：不太好说，是一种久处不厌的感觉吧。

赵深深：什么都介意，又可以妥协。

Z先生：……

17. 可以知道身高差吗？

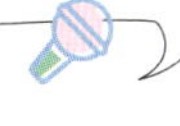

Z 先生：还真没注意过？十厘米有吗？

赵深深：应该没有吧。

Z 先生：那就是差不多十厘米。嗯，十厘米。

赵深深：……

18. Z 先生的厨艺有没有一级棒？

赵深深：舔盘子那种棒。

Z 先生：多谢赵同学捧场。

19. Z 会关注深深的微博吗？Z 有微博吗？

Z 先生：没有太关注，她的微博上应该也都是些乱七八糟的东西吧。我有微博，都是转发，不用关注我。

20.Z 第一次那么狠心拒绝赵深深之后，后悔了吗？

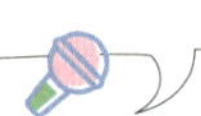

Z 先生：应该是没有。那时候没有意识到很喜欢。

赵深深：好无情一男的……

21. 分手后，Z 在深深准备带相亲对象回家见父母的时候来找你，你怎么想的？感动吗？

赵深深：其实我没想到他是来抢婚的，哈哈哈，现在回想起来都觉得太搞笑了。感动还是其次，主要感觉还是太搞笑了。

Z 先生：我还真不是冲着抢婚去的，就是不知道她找了个什么人，随随便便就要嫁了，我看不下去了，想想算了，还是解救她吧。

22.Z 觉得深深那个相亲对象怎么样？

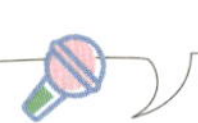

Z 先生：不回答，你们真是一点儿都不可爱。

23. 对于以后的写作之路有什么计划吗？最想写的下一本书又是什么？

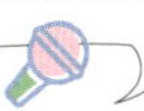

Z先生：只要不写我，写什么都行。

赵深深：尽量一年保证两个长篇吧。不过我跟我的责编都挺佛的，有时候心血来潮就聊到一个大家都觉得不错的点子，那就赶紧写吧，结果睡一觉就忘了，我们两个人乱七八糟的事情倒是谈得很 high。之前很想写的一个题材，是宇航员 VS 美食博主，是一个破镜重圆的故事，我尽快写吧。

（责编：？？？不，我不佛，你别逼我）

24. 深深想对喜欢自己的小粉丝们说些什么？

赵深深：刚好在财经杂志上看到的一句：你要一直明白自己想去哪儿，才不会迷路在东南西北。现在这句话也是我的座右铭，共勉。

Z先生：虽然没有问我，但我的答案同上。

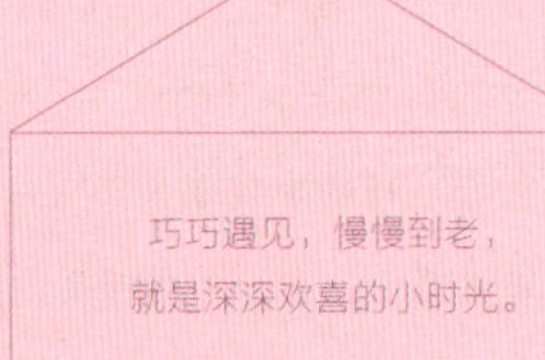
巧巧遇见，慢慢到老，
就是深深欢喜的小时光。